U0622701

殷建红　著

姚家弄的猫

作家出版社

目 录
contents

姚家弄的猫

一

周末，夕颜被请进了派出所。

什么？夕颜被请进了派出所？！

这一消息，立刻在全校引起轩然大波。

夕颜在班级里是一个另类的男生，但他这次却挂了个偷窥女孩子午睡的恶名，被请进了派出所——实在另类到"流氓"的境地！这事让全校师生都丢尽了脸面，也无疑给我们这些莘莘学子增添了无限想象的调料。

校长扬言要开除夕颜。也许，这正中班主任下怀。每回考试，夕颜都拖全班后腿，班主任对夕颜一直恨铁不成钢。当晚夜自修，校长和班主任走进教室来征求全班同学的意见。班主任一直一声不吭，一副老谋深算的样子；所有同学也学着班主任摆出一副老谋深算的样子一声不吭。我几次想站起来发表意见都作罢了，因为班主任锐利的双眸不时在教室里来回扫射，冷如数九寒天，让人不寒而栗。

校长一拍桌子，准备一锤定音的时候，我再也忍不住，"腾"地站起来。坐在我后面的米娜见我一时冲动，立即使劲拉住我的衣服，想把我拽到座位上。

但我还是倔着身子，鼓起勇气说："校长，我敢保证，夕颜不是那种人！"所有的目光像尖利的箭一齐射穿我的身体，他们发着刺耳的怪声问："你怎么知道夕颜不是那种人?!"

"我……我……"我像被无数支箭穿透了心房，但另一种声音却让我不得不坚定地说下去，"我和夕颜从小一起长大，我相信他绝不是那种人！"

校长狐疑地看着我，准备拍桌子的手一时僵在半空中。

班主任这回站不住了，他冷笑着走到我面前讽刺说："雪顾，你说不是就不是？你家是开派出所的?"

很多男生都发出了怪笑！

我说："夕颜除了读书成绩不好，摄影、唱歌没有一样不行，特别是他的摄影，已经形成他独特的构图艺术了。"

"这跟偷窥有关系吗?!"班主任再次强硬地打断我，并用懊恼的眼神看着我。在他眼里我是一个乖乖孩，是一个不可能做出头椽子的人，这回我却如此倔强，难怪他有些懊恼。全班同学都陷入了死一样的沉默……

我的同桌阿诺回头看了看坐在我们后排的女生米娜的脸色，附和班主任的话反问我："我真想不明白你为何这么庇护夕颜？"

"因为姚家弄，是我告诉他的。"

"啊？"阿诺夸张地惊叫，"什么？你也是……"他盯着米娜，同时不失时机地诋毁我。

一直对我怀有无比好感的米娜被阿诺的眼神盯得满脸通红。阿诺喜欢和米娜搭话，米娜对阿诺爱理不理，并常当着他的面和我开玩笑。这让阿诺很没有面子，一直背着我暗暗在米娜面前诋毁我。这回他成功了！

班级里的男生都发出怪异的笑声。我被怪异的眼神和怪异的笑声刺得流下了热泪。班主任朝他们摆摆手，同学们的笑声才戛然而止。教室里一片死寂。

我停止流泪，平静下来。我说："我可以和你们一起去派出所求证。"

二

夕颜被请进派出所，因为夏菡的一声尖叫。

那天的天气实在太好了。喜好拍照的夕颜，自然不会放过这一大好的拍照机会。

拍照是夕颜的特长。古桥、古巷、水巷、千年寺庙、抽旱烟的阿婆、老井上打水的老爷爷、桨声欸乃的船娘、从古桥上冲下来的未经世事的孩童……都成了他拍摄的风景。

记得我们新生报到那天，夕颜就背了一台数码相机。很多人不解，他不以为然地解释，他报这个学校就是为了来用直①摄影的。

没有人信他，也没有人把他的解释当回事。高中了，谁不想正正经经地读书，正正经经地考个大学呢。

班级里大多数人对他的艺术和"谬论"嗤之以鼻，特别是一些想走进夕颜镜头的同学，遭到无数次的无情拒绝后，他们对夕颜一直抱有无限敌意。

夕颜桀骜不驯地扬言，他照相机里的照片，只有艺术。他的狂妄最终得到了报应。现在，有个叫夏菡的女孩子诬陷他偷窥她午睡。事情到了这般地步，除了我，没有一名同学肯站出来替他说话也是情有可原的。

我和夕颜住上下铺，他常给我看他拍的照片。那时候我已经非常喜欢文学了，对他所拍的照片还是能看得出些艺术水准的，所以我们很快便成为惺惺相惜的知音。

而夕颜被请进派出所，说来还真与我有点关系。因为姚家弄这个地方，确实是我介绍给夕颜的。

---

① 甪（lù）直：古镇名，位于苏州城东南。

　　高一那年因为酷爱文学，我几乎跑遍了甪直的每一条巷子，并不时记录着它们的历史。最终，我被姚家弄的历史彻底击倒，并对夕颜提起了它。夕颜去后，立即对它投入了极大的热情，此后常常去古弄堂追寻他的摄影题材——老房子边的一口井、弄子里撑着伞的女孩子、一排排伸向远处的老楼、诗一样的雨巷……

　　而夏菡就是居住在姚家弄的我校一名高一新生。夕颜去姚家弄的那天，夏菡正好在家里午睡。一出悲剧就这样上演了。

　　那天，夕颜在姚家弄看上了一只古灵精怪的老猫。这只老猫好像是这条古弄堂诗意的化身，但它就是不肯做夕颜照相机里的艺术。不知是赌气，还是个性使然，猫越是这样，夕颜就越要拍它。为了拍到这老猫，他已经匍匐了整整一个小时，当他再次准备将猫入镜时，猫却从猫洞钻进了老宅里。

　　夕颜透过门缝四处寻找这该死的猫，气不打一处来。更可气的是老猫突然间失踪了，只看见隙开的门缝里有个穿着一条宽松大短裤的男人在躺椅上睡觉。

　　夕颜趴到另一个窗帘露着缝隙的窗口张望，但还没等他看清里面的情况，夏菡就发出了尖叫。

　　据说，夏菡被那只猫的叫声惊醒，然后就看见了窗外有个偷窥的黑影。

　　……

三

学校坐落在沿河老街的对面。在这条河巷里，流传着很多与学校有关的故事。

N年前，桥东头有个小女孩不慎落水，学校里的男生闻讯纷纷跳下河去救人。其中一位奋勇跳河救人的男生却是个旱鸭子，他在水中无助地扑腾着、号哭着，最终比那落水的小女孩哭得还凄惨，一度成为学校的笑料。而那位学长事后忍辱负重，"一气"考上了北京一所名牌大学。

我们上几届有一对热恋的学兄学姐高考落榜后，不忍离开学校，在附近开了一个卖咸水鸭的小店。这事沸沸扬扬了好几年，如今他们已经有了一对双胞胎孩子。没事的时候，我们常常去逗那俩孩子玩……许许多多的故事给水巷增添了很多诗一样的遐想。

夕颜靠着这对双胞胎和这个咸水鸭店发表了第一幅摄影作品后，他在姚家弄拍的一幅幅摄影作品就不时在报刊发表。尽管，老师一再说他不学无术，但他还是成了学校里名副其实的"摄影家"。现在，摄影家却被姚家弄的这只猫击倒了。

这只猫让他背上了偷窥的恶名，并被那个穿宽松大短裤的男人逮个正着，要不是夕颜死命抱住相机，相机也早被那个穿大短裤的男人摔个稀巴烂。

　　飞来的横祸，彻底击倒了夕颜，羞辱像猛兽一样把他的朝气吞噬了。一夜之间，夕颜的胡须长得长长的，头发乱蓬蓬的，衣服大概被夏菡的父亲——那个穿大短裤的男人——拉扯坏了。夕颜衣衫不整地站在大家面前。一心要开除夕颜的班主任，看见他这副模样，心也不由得抽紧了，他拍了拍夕颜的肩膀，想给他一些鼓励。

　　夕颜反复唠叨着一句含含糊糊的话："我没有，没有……"但就是没有人信他。

　　班级里的男生女生都觉得夕颜实在变态得可以，偷窥还带了相机，没准儿照片还准备上传到网上。

　　大短裤男人当然更加不相信夕颜。在法庭上，他依然穿着大短裤，并扬言一定要夕颜坐牢。但最终，夏菡没有听从大短裤父亲的，她撤销了诉状。

　　不过，夏菡和夕颜在庭外有一份口头协议，就是要夕颜考上大学。夕颜答应了。夕颜的爸爸妈妈买了许多水果来感谢夏菡，并为她的宽容大度痛哭流涕。

　　这次以后，夕颜对摄影好像失去了兴趣。我每次逗他去摄影，他都摇头叹息道："不要提它了，往事不要再提……"尽管事情似乎已结束，但夕颜仍心有余悸。每次深夜，我都会被他的梦语惊醒。他在梦里反复说着："不是我，我没有，没有……"

我们宿舍的同学都开始有些相信他没有偷窥的时候，夏菡再次走进了夕颜的生活。

四

夏菡第一次到我们班级督察夕颜学业的时候，夕颜面红耳赤如临大敌一般，双脚不时颤抖，从课桌里掏出作业准备让夏菡检查的双手在不时哆嗦，要多狼狈有多狼狈。

一些男生看见了夕颜的熊样，就吹起了轻浮的口哨，仿佛夏菡真的被夕颜偷窥了。

夏菡倒是很镇定地翻看着夕颜的作业本。她皱着眉头说："字迹这么潦草，这作业给谁看呀。"

夕颜擦了下额头的汗，语无伦次地说："我，我……"

之前，要是有人批评他，他准有话反驳回去。在夏菡面前，他却像罪犯一样唯命是从。同学们看出了个中奥妙，都忍不住窃窃私语。

阿诺借题发挥，阴不阴阳不阳地合着双掌自言自语："放下屠刀，立地成佛。"他是有意哼给米娜听的。

我对这种取笑别人来博佳人一笑的伎俩一向反感，忍不住瞪他。

阿诺却把头扭向抿嘴笑的米娜，唱起了谭咏麟的《披着羊皮的狼》：

> 我小心翼翼地接近
>
> 怕你在梦中惊醒
>
> 我只是想轻轻地吻吻你
>
> 你别担心
>
> 我知道想要和你在一起并不容易
>
> 我们来自不同的天和地
>
> 你总是感觉和我一起
>
> 是漫无边际阴冷的恐惧
>
> ……

阿诺顿时把教室里唱得"狼烟"四起。夕颜在夏菡面前狼狈不堪，不知如何是好。

同学们觉得这样子好玩儿极了。尖叫的、嬉笑的、吆喝的、打闹的……乱成一团。

我看不下去了，对阿诺说："你还有完没完！"

打这后，夕颜每次去食堂打饭的时候，总有同学说："狼来了！"

现在班级里的女生都暗暗提防着夕颜，唯恐他有一天真的变成"披着羊皮的狼"。我深深地同情着夕颜，每次都陪他一起排队买饭。我真怕他有一天会崩溃。

为此，米娜还给我写了封信："你马上给我离开夕颜，否则我再也不会跟与狼为伍的人说话。"

我没有回复米娜，依然我行我素地和夕颜一起读书、做作业、买饭。米娜对我彻底失望，开始和阿诺交起了朋友。

五

自从上次夏菡批评夕颜后，夕颜的作业都工工整整地完成。夏菡再次检查时对这个结果很满意，还夸奖了夕颜一番，让大汗淋漓的夕颜如释重负地吁了一口气。

但夕颜始终低着头，不敢看一下夏菡的脸，好像唯恐夏菡突然尖叫："偷窥！"

夏菡常常来督察夕颜的学业，而且两人的关系越走越近。夏菡的头发蓬松，头顶隆着一个高高的发髻，扎着漂亮的蓝丝带，眼睛明亮，皮肤白皙，说话的时候嘴角微微上扬，是很多男生的梦中女孩。难道"羊"真的"穿破世俗的城墙"，爱上了"狼"？这让男生们看得发酸。

他们学阿诺的样子合着双掌念念有词："烂木头浮一条浜。"

这话分明是说给夏菡听的，让她悬崖勒马，不要再跟夕颜这样的烂木头为伍了。但夏菡充耳不闻，依然我行我素。

　　她甘愿跟夕颜成为朋友，让男生更加愤愤不平。羡慕的人说："真是不打不相识哇。"

　　吃不到葡萄说葡萄酸的人说："唉，男人不坏，女人不爱。"

　　气不打一处来的人说："这，这算什么世道呀?!"

　　……

　　不管褒义贬义，我班的那些男生对夕颜撞到的狗屎运，都眼馋不已。不少自以为很优秀的男生都把目光聚焦在纯美的夏菡身上，希望她能眷顾一下他们，但夏菡除了夕颜，无论对认识还是不认识的男生，都报以和善的微笑，算作回答。

　　期末，夕颜的成绩进步飞快，乐得班主任大大夸奖了他一番，班主任又狠狠地批评起阿诺和米娜一落千丈的成绩，阿诺暗骂班主任"墙头草"。

　　新学期很快开始，大家都希望在最后的日子里能得到佛祖的眷顾，开始临时抱起佛脚。

　　在最后临近毕业的那天，天空下着蒙蒙细雨，烟雨里的角直就像昆剧《牡丹亭》一折恬静的《惊梦》——粉墙黛瓦的江南古镇，梦幻般浓缩在波澜不惊的倒影里。

　　那天，夏菡加入到我们毕业班的行列。我们泛舟在河巷打起了水仗，嘻嘻哈哈地像疯子一样释放着积压了许久的压力。

　　那天，夏菡告诉了我们一个惊人的消息，其实她就是那个在桥东头落水的女孩子。她对自己学校里的每个男生都满怀感恩之情……

　　大家恍然大悟。

　　夕颜如愿以偿考上大学，完成了当初和夏菡的约定。

　　临别，夏菡讲出了那天"偷窥"的真相。其实她并没有在午睡，而是在透过纱窗看夕颜，她认识夕颜，知道他喜欢拍照，成绩很差。

　　她决定要挽救他，她要像那个想救她并最终一气之下考上了名牌大学的学生一样。

　　她相信奇迹。

　　奇迹出现了。

　　也许，夕颜该感谢姚家弄的那只猫。

评弹姐妹

　　六岁，我是一个讨人嫌的丫头，莽莽撞撞地干着调皮捣蛋的事。街东的王好婆状告我欺负他们家的孙子张大少，西边的刘爷爷告状说我把他家的花树给拔了。我妈恨铁不成钢，暑假里叫小姑家跟我同岁的小笠来监督我。

　　小笠娇小玲珑，耳聪目明，教她做什么一学就会。她自己的衣服从来不要我妈操心，每回都是自己洗，识相得很。她什么都肯让着我，对我不满时，顶多睁大眼睛看看我，从不分辩。外人看来，她倒像是我的姐姐，其实她比我还小两个月呢。

　　对面的马伟家有一盆长势很好的君子兰，我眼馋了好久，这次决定拉着小笠去偷。小笠跟着我走到马伟家门口，突然睁着大眼睛说："这样做是犯法的，你懂吗?!"

其实，我本来就知道做贼不好，被她这样一说，吓得魂都跳出来了。毕竟做贼心虚，我拉着她逃回家里。

好久没有邻居告状，我妈开心得每天下班回家都要亲小笠，向小姑讨教教育女儿的秘诀。小姑说只是从小给她多听评弹开篇①呀。晚上，我妈就好奇地叫小笠哼哼，她果然能哼得有模有样。小姑是奶奶的传人，唱得一口水灵灵的评弹，可惜没有合适的搭档。小姑后来就改行了，而且一嫁就嫁到了好远的地方，奶奶哭得心都碎了。

九岁，我开始与河对岸的马伟一起去爷爷的徒弟那里学评弹。马伟第一次来我家，仿佛知道我的心思似的，抱来了我向往已久的那盆君子兰，放在我的书桌上，臊得我无地自容。我想：难怪他家的院门老是关着呢，原来他早就注意到我盯上那盆君子兰了。幸亏那天被小笠喝住，否则我肯定会被躲在暗处的马伟逮个正着。据马伟的妈妈说，她给我和马伟算过命，两人的属相正是天造地设的一对。有了这样神秘的宿命，我在别人面前虽不觉得怎么别扭，可在马伟面前总有些气短。因为评弹双档一般都是夫妻档，爷爷跟奶奶就是。可惜奶奶刚过六十大寿，就病死了。我妈说奶奶死得早，多半是被小姑气死的。

我家是一座二层的老房，现今的二楼加了一个父亲改建

---

① 开篇：评弹演唱故事之前加唱的短篇。

的阳台。屋后是那条长长的苏州河，我喜欢爬上二楼看河景。爬上木梯子，一级一级地走上去，仿佛能听见老房子在呼哧呼哧地喘息。我坐在阳台上，可以看河港，看河上高高的老桥，还有河对岸成排的老房子。河对岸的老房子也是二层老房，斜对岸的马伟家也建了跟我们家一样的阳台。他们家搭建阳台时，向外人说得轻描淡写：只是为了方便马伟跟小蔚交流。——忘了介绍，小蔚就是我啦。而我家为加建这个阳台，经过多少风风雨雨啊。妈妈成天跟爸爸躲在房间里小声地吵，要爸爸在爷爷的房间外搭一个阳台晾衣服。像我家这样的老房子晾晒衣服都在后窗：二楼临河有一根晾衣服的横木，用长钩子把衣服挂出去收进来，急或不小心，衣服就会掉到苏州河里。我听出了爸爸妈妈吵架的原因，就跑去对一直挂念着小姑的爷爷说："爷爷你不走，我爸爸妈妈的战争就不会停，你还是住姑姑家去吧。"爷爷很生气，可是还没走成，就突然中风了。在徐州的小姑急匆匆把爷爷接走了，剩下我一个人空落落地待在家里。假如爷爷就这样死去，我一定会成为罪魁祸首。我心里悔恨交加，夜夜梦见奶奶来找我索命。爷爷走后不久，爸爸终于咬咬牙找来泥瓦匠，给老房搭建了一个阳台。阳台与周围的景观比照起来，似乎多少有点不伦不类。但它是我和马伟交流的好地方，尽管我们只要走过家门边的高桥就可以见到对方，我们还是乐于在阳台上隔河遥望。

"马伟!"我一叫,马伟就端了凳子,拿着三弦出来了。

我坐在阳台上,手弹琵琶低吟:

上有呀天堂,

下呀有苏杭,

杭州有西湖,

苏州有山塘,

哎呀两处好地方,

哎呀哎哎呀,

哎呀两处好风光。

正月里梅花开,

哎哎呀二月里玉兰放,

哎呀三月里桃花满园尽开放。

四月里蔷薇花开,

牡丹花儿斗芬芳……

哎呀四季好风光,

哎呀,哎哎呀,

哎呀,说不尽的好风光。

马伟坐在阳台上手拨三弦,紧跟着轻唱起来:

银烛秋光冷画屏,

　　碧天如水夜云轻。

　　雁声远过潇湘去，

　　十二楼中月自明……

　　晚霞照在我们的身上，很多从高桥上走过的人都驻足聆听着我们的吟唱，摇船路过的乡下人索性把船泊在桥洞里淘米做饭，不时羡慕地翘首张望着我们，这是农村里没有的表演。

　　晚上做好功课，马伟就在他家的阳台上叫："小蔚。"

　　我应一声，告诉妈妈，然后掩好门，走进夜的小巷。月夜里，高桥上，那个熟悉的身影守候在那里。也许是君子兰事件，也许是大人们所说的属相作祟，或者是因为评弹的浸泡，在马伟面前我真的少了那份野气。马伟话不多，但一开口就让人发笑。老师那里有六个学生。我和马伟是唱开篇功底最好的一对，所以我们一般都是其他人的示范。我仗着师傅是爷爷的徒弟，更是有恃无恐，可马伟就没有那我份骄横。每次看到我那种盛气凌人的样子，他从不挑明，只是智慧地审视我一眼，好像一下子就能洞察我的心思，让我觉得心虚。

　　我不管，还是不把其余四人放在眼里。特别是王好婆家的孙子张大少，只要我一挑眉毛，他就会看出我不高兴，手里的三弦也会跟着抖一下。他一定还铭记着我六岁那年暑假里的事情。他向他奶奶告状说我欺负他，我妈把我骂得半死。我整个暑假都"惦念"着他。我在后窗看见他到河对面的小店买东西，就立刻跑到高桥上守候着。他看见我"母仪天下"般站在高桥上等他，害怕得想逃。我大吼一声："张大少，你敢逃?!"他回头看看我，就自动折了回来。我把捉到的毛毛虫吊在他的头顶上，只想吓吓他，但没想到毛毛虫真的落进了他的领子里。他跪倒在桥上哭了好半天，我说你敢把这件事告诉王好婆，我就打断你的腿。他果然没敢出卖我。张大少自此见我像见老虎。说起来张大少是最白净、最乖巧、话最少的一个，却是师傅最不喜欢的。评弹要人爱听，说话最关键，必须要有噱头，才引得来听客。张大少的搭档是一个像小笠一样漂亮斯文的女生，人也蛮聪明，就是戴着一副眼镜，说话死板得要命。我呢，虽然长得有些黑，可大人说只要化一下妆就可变白。原本胖胖的我学了评弹，人也苗条婀娜了起来。依我和马伟的功底早就可以学说长篇评弹，只可惜我总是学会了后一回就把前一回给忘光了。有时我说完对白，轮到马伟说的时候，下面的听客还没笑出来，我自己却忍不住笑出了声。马伟瞪大眼睛看着我，一脸责备的神情：什么叫表演？你会表演吗？师傅拍着我的小脑蛋，笑着说我脑子里是一团糨糊。我是有点愣头愣脑的，记性出奇地差劲。平常老师叫背课文，我一气背下，可过两天就忘了一个精光。妈妈也哀叹我是吃糠长大的，一点不像小姑家的小笠。妈妈说小姑家的小笠记性好得像《射雕英雄传》里的黄蓉，过目不忘。师傅常常哀叹后继无人。

几次三番后，尽管我和马伟看上去还是那样默契，可不知不觉间已隔了一堵墙。

跟马伟表演双档评弹《杨乃武与小白菜》时，我就卡壳了，但师傅说我们两个都相当富有气韵，所以不舍得把我们拆开。

谁不想把自己的技艺传承下去呢。

小笠是妈妈嘴里的天才，她成日唠叨着小笠的懂事，我的耳朵早就生了老茧。我把餐巾纸做成耳塞，可妈妈的唾沫还是源源不断地朝我脸上喷过来。

我终于忍无可忍，说：“妈，如果你觉得她好，把她带到我们家来做个女儿呀。”

“那你呢?”

“我呀，给对面的马伟家呀。”

“还不给我轻点声！你一点点大的，就想着嫁到马伟家呀？不害臊。”

“我才没有呢，是你不要我呀，马伟的妈妈真的好喜欢我。”我噘着嘴，向妈妈示威。

“小蔚——”

我把头探出窗外，看见马伟在向我招手。妈妈打了我的小屁股一下。

小笠真的来苏州了！

小笠还是那副耳聪目明的样子，整个人比以前出落得更加漂亮挺拔。

我准备举起接小笠的牌子，小笠已经很飘逸地站在我面前，笑吟吟地看着我。我临去车站接她前，妈妈再三叮嘱我，小笠是个很善良的女孩子，不要吓着她。我把牌子扔到一边，第一句话就问："爷爷他还好吗？"

"嗯，外公可以起床了。"

我抢过小笠的行李，把脸转了过去，不想让她看见我潮湿的眼圈。

走进梧桐古巷，两排的梧桐树和童年时代的一样，依然像巨伞，把整条街遮掩得严严实实的。童年的友谊和亲情，把我们一下子拉得很近、很亲。我们两个人一路上有说有笑的。她的记性果然非凡，她就六岁时来过这里，现在竟然还记得路两边原来的样子。她忽然指着一个水果店兴奋地说："小蔚，你还记得吗？我们以前经过那个水果店的时候，你拿了人家一个橘子，我走过去给小店老板五毛钱，你骂我傻，还赏我吃了一个'毛栗子'。"

我哈哈大笑："什么呀，我全忘记了。"

我倒是记得张大少家有一棵很大的桃树，有一年趁他家没人，我一下午把他家的桃子摘个精光。我不敢让妈妈知道，就分几次把桃子偷偷运到我的被子里。哪个孩子敢偷那么多桃子呀，张家怀疑是大人偷的，所以骂了半天。我又哪吃得了那么多桃子，结果桃子都烂在被子里，我妈帮我晒被子时才发现，狠狠地训斥了我一顿。

晚上，我们一家人为小笠的到来，举行了一个小型的庆祝活动。

妈妈告诉我，小笠也是来报考评弹学校的，晚上要跟我一起去师傅那里训练。

马伟来接我，在高桥上看见我身边多了一个女生，惊愕得一句话也说不出。我走上去，生气地偷偷踹了他一脚，"她是我同岁的妹妹，叫小笠。"

"哦，小笠？"他摸摸头说，"就是那个和你来我家偷君子兰……的小笠！"

"哈哈……"小笠笑了。他们两个人像早就认识一样。

师傅对小笠的到来一点儿也不惊讶，估计他和爷爷事先早已通过气。我有些气愤，原来大人们早已安排好，就是不让我们小孩子知道。

师傅让小笠先弹一曲开篇，示意马伟坐上去伴奏。小笠拨弄了一下琵琶校音，袅袅的乐声飘扬起来。小笠唱的是《杨乃武·杨淑英探监》，唱得惟妙惟肖，游刃有余，而且举止优雅。师傅陶醉在小笠凄婉动听的唱腔里久久不能自拔，马伟肯定也听出了小笠出类拔萃的唱功。

过了好久，师傅问我："小蔚，小笠的开篇唱得怎么样?"

我憋红了脸，一句话也没说。

第二天，师傅轻轻地跟我单独说："小蔚，小笠的开篇跟你不分上下，试着让她跟马伟一起说唱《杨乃武》好吗?"

我故意摆出一副轻松的样子，耸耸肩说："好呀!"可是我心里是一百个不愿意，更希冀马伟说："不，老师，我要跟小蔚合作。"可是，我终究没有听见马伟的声音。我跟另外四个人一起坐在那里，现在也轮到我坐冷板凳了。

评弹讲究说、噱、弹、唱四样基本功，说表尤其重要。一方桌，一醒木，一方帕，一茶壶。醒木一拍，三弦一拨，马伟身穿银灰长袍，那一腔清晰的吴侬软语，我再熟悉不过了;小笠穿着一身丝质旗袍，在三弦与评弹声中，显得越发高贵端庄。一个姿势洒脱，一个举止优雅，两人眉目传情，旁白幽默，极具韵味。尽管马伟是掌舵的，他想把说、噱、弹、唱的智慧全部发挥出来讨好听客，但在我看来他完全是为了讨好小笠。可是马伟没有经验，听客没觉出他的噱头有多么滑稽，而且说表的情节滑到了书外，这时小笠反倒得帮他。小笠是天生的表演家。师傅常要求我们配合书中人物用动作、手面、面风、表情来使人物更加立体化。这就大大丰富了评弹的表演手法，加强了一个"演"字。唯独小笠可以把人物演得出神入化。她在表演葛三姑的擤鼻涕和拎裤子时，特有的动作设计使人物形象更为生动，更为鲜活。演到精彩之处，师傅激动得直鼓掌。

马伟说表的时候，目光不小心游离到我的脸上，我读不出这之中包含的内容。内向的张大少，这两天总是有意无意地坐在我身边，偶尔看一下我。我分辨不出，这是关心还是幸灾乐祸？我没有心思去想，也无力去回击。

"小蔚，我说表得怎样？"小笠卸了妆问我。

"很好啊。"我装作很开心地大声说。

"其实，这不仅有我妈的心血，还有爷爷的很多指导。爷爷要我继承奶奶的风格，同时又要继承他的风格，他要我把严老师的艺术传下去。"

爷爷的师傅是大名鼎鼎的严雪亭老师，严老师把《杨乃武》传给了他，临终前还嘱咐爷爷一定要把《杨乃武》发扬光大。

下课回家的时候，师傅再三关照："马伟，回去后还要跟小笠多磨合，特别是在说表上要下功夫，自己要多琢磨琢磨。"

回家的路上，马伟跟小笠有说有笑地研究表情，把我完全冷落了。我落在他们身后老远，聆听着脚踏在清冷的石子路面上发出的踢踢踏踏声。小笠和马伟一边停在桥边等我，一边还在有声有色地谈着说表。两个人似乎有说不完的话题。这么多年来，不知为什么我跟马伟自始至终没有形成共同的观点。我走近的时候，马伟也许注意到了我的情绪变化，拉住我的手，说："小蔚，你是不是感冒了？"

小笠说："哦哟，你说得那么差劲，原来心思全用在我姐姐身上了呀！"因为同岁，小笠从来没叫过我"姐姐"，今天叫起我这个姐姐来，我听起来竟觉得是那么酸。

我挣脱马伟的手，他莫名其妙地看看我，手在我额上摸了摸，然后脱下外衣披在我身上。我把肩一耸，衣服掉在了地上。我往桥上走去，我不想让小笠看见我的脸。小笠跟了过来，依然开心地说："小蔚，马伟可真关心你呀。"我一直没跟她说话，走到门口我先推门进了屋，然后狠狠地在身后一甩门。"砰！"门撞到了跟在我身后的小笠的额头上。

"啊呀！"小笠立刻痛得蹲了下去。

我妈听见叫声，立刻跑出来拉亮灯，拉着小笠问："怎么啦？"

妈妈看我呆呆地立在那里，立刻责问我："小蔚，刚才是怎么回事？！"

"不关小蔚的事，是我自己不小心撞了墙。"小笠含着泪说。

小笠的额上长出了一个"灯泡"，我一整日待在自己的房间里，闭门思过。晚上，马伟在高桥上不无遗憾地问我："小笠呢？"

我的内疚顿时一扫而空，咬牙切齿地说："你自己问她去好啦！"

第二天我们又去学评弹，师傅看了看我身后，失落地问我："小笠呢？"

我低下头说："你问马伟吧。"

"小笠呢？"

所有人的目光都盯着马伟。

"我不……不知道。"马伟慌张地说。

只有张大少意味深长地看着我的眼睛。

师傅打电话关心地问小笠："小笠，你怎么啦？"师傅从来没有为我缺课打过一个电话。

"师傅，我不舒服，下次我会来的。"

师傅看看我，松了一口气，终于很放心地挂了电话。那目光，让我像吞了一只苍蝇。妈妈、马伟、张大少，还有师傅，还有爷爷……好像所有的人都知道我是一颗超级定时炸弹，随时都会害人。

我的心被这样的目光刺了一下，有点痛。我突然决定不考评弹学校了，我要考高中，我要读大学，我要忘记马伟，忘记所有用这种目光看我的人！

晚上，妈妈坐在客厅里等我回来。

我不想跟她说话，正想独自进里屋，妈妈叫住了我，"过几天，你姑姑、姑父，还有爷爷，都要回家里来了。"

我不知道妈妈想告诉我什么，这好像与小笠有关，与我没有多大的关系。

爷爷他们回来的时候，我已经不去师傅那里训练了。师傅再三挽留，但我去意已定；马伟、小笠的苦苦哀求，让我觉得他们是猫哭耗子。我讨厌他们的眼泪！晚上我把桌上的那盆君子兰，偷偷地放回了马伟家的院子。

我去读夜校了。我要考大学！

面对我的选择，爷爷并没有一点儿责怪我的意思，相反他和妈妈一样开心。我开始痛恨妈妈，痛恨所有的人，包括马伟的爸爸妈妈，因为他们没有来哀求我跟马伟一起继续学评弹。

所有的人都成了我的敌人，要离开他们只有破釜沉舟。结果我如愿以偿地考上住校的重点高中。

不久，马伟和小笠几乎同时给我来了信。马伟说，其实在他心里，一直难以忘记我们在一起学习的美好时光，他会等我大学毕业。小笠说，她跟马伟只是搭档，让我放心。我晓得家里腾不出地方，爷爷要亲自点拨马伟和小笠，行动不便的他便住到了师傅家里，可是两人都没提。我读完信，立刻把它们撕了。我不要他们假惺惺的安慰，只是搭档，搭档能有那么多话题？张大少的信就比较真诚，所以我保存了他的信件。他说：

　　小蔚，我是偷偷给你写信的，你走了以后我们

都很难过。虽然跟你说话不多，但你说一不二的作
风让我记忆犹新，希望你考上大学后不要把我忘
了，我会经常写信告诉你我们的近况。现在你爷爷
住到了师傅家里，他们要马伟把严老师的评弹艺术
发扬光大……

在高中的三年里，我几乎没有回过家。高中毕业后，我
一气之下，去了哈尔滨工业大学。

我似乎在彻底忘却评弹。

但毕竟从小耳濡目染，加上长达八年的苦练，我对评弹
始终怀有一种割舍不去的情结：在评弹网上浏览最新消息，
从半导体里听听熟悉的评弹，从张大少那里探听来马伟的近
况。一年后，我成为学生会的活跃分子，操着琵琶，在文艺
会演上唱起了开篇。读理科的同学晕了大半，连我也没想到
我的音色还是那样纯美。

爷爷病危的电报拍到了学校。我正准备回家的时候，家
里又发来一份电报，爷爷去世了。我终究没能见上他老人家
最后一面。

因为爷爷去世时我没有回家，马伟和小笠就来北方看
我。他们两个有说有笑的，还在我们宿舍里表演了一回《杨
乃武·密室相会》。我不得不承认，他们的表演更加炉火纯
青，不同凡响。

　　在这么多年的生活中，我对他们已经渐渐没有了当初的怨恨。但我不想告诉他们。

　　张大少也终究没有选择评弹的江湖之路，而是通过关系留在了评弹学校。他源源不断地给我写信，终于感动了我。我们开始了漫长的写信往来，直到我回到苏州工作。

　　回到苏州后，马伟和小笠来找我，小笠问："姐，你跟马伟什么时候结婚呀？"

　　我吓了一跳，打了小笠一下，"什么呀？我有男朋友了。你们怎么还不结婚呢？！"

　　"什么？！"轮到小笠和马伟傻掉了，"你有男朋友了？"

　　"嗯，嗯。"我使劲点头，其实只是想骗骗他们。

　　上班后，我很快厌烦了枯燥的机器声，毅然选择了评弹和考研，毕业后我调到了评弹学校任教。三十岁的时候，命运让我跟张大少结婚了。也许童年时欠他的太多，注定要我在今生还他。

　　马伟和小笠已经是非常有名的评弹演员，两人却迟迟没有结婚的迹象，急死了马伟的爸爸妈妈和我的姑姑姑父，还有我爸爸妈妈六个人。他们实在搞不懂为什么。

　　小笠和马伟来看我，三个人在房间里推心置腹地拉家常。我问起他们什么时候结婚，马伟平静地说："我们两个人永远不会结婚。"

　　"为什么？"我愕然地问。

小笠说:"我们两个人拉过一百年不变的钩钩,永远只做评弹的搭档。"

马伟的眼圈微微有些发红,"我也曾告诉过小笠,这辈子只娶一个姑娘。"

"哪家的姑娘这么有福呢?"

"是小蔚呀。"小笠笑眯眯地说。

我的心猛地刺痛了一下,我像疯了一样地大笑,"哈哈!傻瓜,为了我,收回你们的承诺,好吗?"

——我只是不想让他们听见我伤口崩裂的脆响。

草前桥

一切都是从草前桥开始的。

草前桥既是一座桥也是一条街，街是因为有了草前桥才得名的。草前桥是座很普通的拱形桥，也没有长出什么特别的草，倒是有棵小小的石榴树。石榴树从桥缝里伸出来，大概是哪个调皮鬼吃了石榴，把核扔进了石缝，连他自己也没想到会长出石榴树，这倒给老桥增添了很多生机。

草前桥街最吸引我的，是桥堍边那座古色古香的老房子。老房子里常常会传出天籁一样甜糯的评弹。

　　　　云烟烟烟云笼帘房，
　　　　月朦朦朦月色昏黄。
　　　　阴霾霾一座潇湘馆，

寒凄凄几扇碧纱窗……

一个常年穿着真丝旗袍的少妇坐在窗口一边弹着琵琶，一边全神贯注地唱着评弹。

在她的面前坐着好几个孩子。女的弹琵琶，男的拨三弦，一曲曲评弹轮番唱起来，听得人心里痒痒的。

少妇不仅举止端庄，面色温和，给人无限亲切之感，她还有个少女的名字，叫许兰兰。她在窗口看见我，就会亲切地唤我："顾儿，进来听，进来听！"

我叫顾子涵，但她每次都叫我"顾儿"。我羞红了脸，狼狈地说："不，不，我不会！"

草前桥街上，一茬茬孩子长大。在许兰兰的鼓动下，一个个去她那儿学评弹。有的学了一学期，有的学了一年、两年的，我家隔壁的史琳琳（草前小学的孩子都叫她"湿淋淋"）学得最久，一学学了七年多。每到周末，史琳琳穿着干干净净的旗袍，来这里学评弹。她长着一双水灵灵的大眼睛，这一点跟她名字的谐音差不多。

唯独我，连老房子的门都没有进去过。许兰兰到我家来鼓动我学评弹，但还没踏进门，就被我妈拦在了门外。妈妈倚着门框一边嗑着瓜子，一边不屑地说："我家子涵，可是要考名牌大学的，哪有时间学评弹？"

妈妈板着脸冷对许兰兰，一口回绝。

　　我在窗帘里，看着许兰兰离开时满是失望的神情，低声说："妈，我也想去学评弹，草前桥街上的孩子都去学了。"

　　"学什么学，她是黄鼠狼给鸡拜年。好好读你的书，才是正道，别的都是空的。"妈妈的柳叶眉挑得高高的，没有一点回旋的余地。

　　妈妈和爸爸在草前桥街上开了一家水果行，一天到晚想着发财赚钱，催我考上名牌大学，对其余的事没有多大兴趣。

　　她也不许我去老房子，更不许我学评弹，甚至，不许我跟所有去学评弹的孩子来往，好像草前桥街的孩子都不配和我交朋友，而她也不打算跟那些学评弹的人家有什么来往。这样，我家好像跟草前桥街的街坊都断了来往。

　　每次，史琳琳看见我在窗内偷偷看着她去学评弹，她那双会说话的大眼睛，就会对我微笑，让我浑身暖洋洋的。

　　我坐在窗前看书，心里却在等待琵琶和三弦组合的音乐。它像山泉一样，叮叮咚咚地流泻着，特别是她们圆润软糯的唱词，像百灵鸟的歌声一样钻进了我的耳朵，哪个声音来自许兰兰，哪个声音来自史琳琳，我都能辨得清清楚楚。

　　但我的妈妈对这声音似乎充耳不闻，用妈妈的话说："都听了几十年，有什么好听的！"而且她也不让爸爸听。爸爸坐在家里时，每每琵琶声传来，妈妈就会调大电视的声音。全因为我爸爸跟那个许兰兰有过一段恋情，妈妈就不让我跟学评弹的人有一点瓜葛了，包括史琳琳。

尽管史琳琳的各科成绩好得无可挑剔，妈妈却从不让我跟史琳琳说话，妈妈每次提起史琳琳时，总说跟她的师傅一样，长着一双狐狸眼睛。除了史琳琳，妈妈还不让我跟陆小桐交往，因为陆小桐这两年也去许兰兰那儿学评弹了。

但我跟陆小桐和史琳琳终究还是成了朋友。

一个下午，我和陆小桐在放学路上不期而遇。我们走上草前桥的时候，老房子里忽然传来叮叮咚咚的琵琶声，我和陆小桐都忍不住回过头去。我们坐在那儿张大耳朵侧耳聆听。

我忍不住问陆小桐："每个周末你都来学评弹哪？"

陆小桐说："是呀，学评弹。我妈说既然喜欢评弹，就认真学，将来考评弹学校。"

"考评弹学校？"我有些不大相信，爸爸妈妈一心让我考高中读大学，他们的父母怎么可以让孩子考评弹学校呢。

陆小桐平时总是一副不苟言笑的样子，这下子终于忍不住笑了，"我一直非常喜欢评弹，我知道你也喜欢听评弹。"

我面红耳赤，羞愧地问："你以前一直在暗地里听评弹？"

陆小桐没有说话，然后头也不回地往老房子走去，那架势，好像他已经是大人了，非常不屑和我这类明明喜欢却畏首畏尾的人为伍。

晚上，我在做作业，老房子里又传来评弹声。

　　我听着那叮叮咚咚的音乐，心里像有个小蜜蜂在不安分地嗡嗡叫着。可不知为什么弦声戛然而止，过了好一会儿才又响起。这次的弦声断断续续，不只是唱开篇了，好像还说苏白①了，咿咿呀呀的，像小孩子在学说话。我翻了翻日历，赫然写着星期三。不是周末，怎么也唱评弹呢？

　　这是怎么了？好奇充塞着我的大脑，我相信，陆小桐一定知道。

　　上学路上，我和陆小桐相遇后，我问他："昨晚你去老房子里了吗？"

　　"没去。"陆小桐简短地回答。

　　我不想让陆小桐看不起我，就继续说："昨晚怎么怪怪的，像小孩子学说话。"

　　陆小桐嘻嘻笑了，"你也听出来了。"

　　"那当然，我都听了十几年了。"我模仿妈妈说"都听了几十年"的口气，就好像我对评弹的了解并不比他少一样。

　　这一招果然把陆小桐说话的兴趣提了上来："是史琳琳在跟着学说书。"

　　"说书？"

　　"对呀，唱评弹是最最基本的功夫，真正的本事是说弹词，能唱会说，才能吸引听客，才称得上'艺人'。"

---

① 苏白：昆曲中苏州语的道白。

"那，史琳琳在说什么书?"

"她说的是《三笑》。"

"嘿嘿，难怪呢! 她怎么学起了说书?"

"是师傅让她学的。师傅说，她唱得那么好，不学弹词，就可惜了，何况她还要去参加全国比赛呢。"陆小桐无比骄傲地说。

"哦。"我似懂非懂地应答。

史琳琳比我高一个年级，她们的教室比我们班高一个楼层。那天，我的视线一直追逐着史琳琳的身影，希望能看到未来评弹艺术家的身影，可她仿佛猜透了我的心思，故意跟我躲猫猫似的，一整天没让我见到她。

夕阳西下，被晚霞染成橘红色的老房子里又传来了咿咿呀呀的弦声。我晓得史琳琳放学后又去说书了，就坐在草前桥上静静地听着，忽然对这个未来的评弹艺人充满了好奇。陆小桐到桥上的时候，看见我坐在那里，也跟着我坐在那里。我们两个人听了一会儿，就趴在桥栏杆上做作业。一不小心，我放在书本上的一块散发着香味的橡皮掉到了河里。

"哎呀，我心爱的橡皮!"我看着橡皮扑通一声消失在瞬间，心疼不已。

陆小桐撇了撇嘴，把自己的橡皮一掰为二说:"跟你一人一半。"

这时，弦声戛然而止。我们立刻抬头张望老房子，老房

子的大门打开了，史琳琳亭亭玉立地出现在门口，她缓缓地
走下台阶。

"史琳琳！"陆小桐大声喊道。

史琳琳披着一头乌黑的长发，扎着粉红色的蝴蝶结，穿
着一身雪白的旗袍，听见我们喊她，她立刻笑眯眯地向我们
招手，陆小桐激动地站起来，这时，他的作业本经风一吹，
"哗"一声被吹落了，作业本翻飞了几页后，飘到了荡漾着
波纹的小河。

"啊呀，我的作业本！！"陆小桐大叫一声，叫声里带着
哭腔，同时伸出双手，徒劳地想要抓住什么。

史琳琳安慰他："没事，书本是浮的，在太阳下晒一下
就干了。"

史琳琳说完，跑进老房子，借来一根晾衣服的竹竿，她
身后跟着那个笑吟吟的许兰兰。陆小桐满脸通红，没听清他
支支吾吾叫了一声什么。

"嗯，"许兰兰笑着应了一声问，"怎么书本飘到河里
去了？"

"被风吹下去的。"陆小桐可怜兮兮地说。

我帮着史琳琳把作业本打捞上岸，递给了陆小桐。

我偷眼看看许兰兰，发现她也正微笑着看我。我心跳加
速，脸色发红，手心里全是汗。

"顾儿，欢迎你有空来坐坐。"许兰兰慈祥地说完，接过

史琳琳手中的竹竿慢慢地走回老房子。许兰兰每次都是那么和蔼可亲，一点没有妈妈说的那么"没安好心"。

陆小桐把作业本放在阳光最充足的石板上晒。三个人站在那里等着作业本晒干，史琳琳说："顾子涵，其实你有空可以跟我们好好到老房子里来听听。师傅只是想让每个草前桥街的孩子增添一份情趣，长大了会因为住在草前桥街而自豪。"

陆小桐也鼓励我："你进了老房子，就知道评弹是一项多么不简单的艺术。"

从此，每天放学，我和陆小桐都要在草前桥上逗留一番。在弦声里，从来不在学校里唱评弹的陆小桐，为了让我感觉评弹的曼妙，竟然伴着弦声为我轻轻地唱了起来：

> 命船家摇到苏州去，
>
> 莫住城中隐落乡，
>
> 有甚疑难与奴商量。
>
> 包内的金珠哎哟或典卖，
>
> 租成一所小房廊……

我听着陆小桐满怀深情地和着弦声轻轻唱着，夕阳照耀在陆小桐的脸上，他耳朵上细细的汗毛散发着金黄的光芒。我像被装上了翅膀，思想不断向远方穿越着、升腾着……

有一天，史琳琳出来的时候，看见我们还坐在那里，她很开心。

我看着她穿着一身水蓝色的旗袍，就像画里的仙女，我的脸忽然莫名其妙地红了。她递给我一本《三笑》故事书说："师傅说，住在草前桥街的人，不懂评弹，是她的罪过，好好看看，不过千万不要让你妈妈看见了。"

史琳琳虽然从来没有跟我妈说过话，她却能洞察我妈的心思，我不得不佩服史琳琳的眼光。因为我曾无数次偷偷看着他们全家进进出出，却从来没想到要去观察史琳琳的父母，甚至他们长什么样子，我也全然没有关心过。

在回家的路上，陆小桐说："史琳琳，你就给顾子涵讲讲《三笑》吧。"经过那次作业本落水事件，我们三个人一下子变得熟识了很多，陆小桐跟史琳琳也走得更近了，开始直接叫她的雅号了。

史琳琳笑眯眯地看了一眼陆小桐，对我和陆小桐说："如果你们喜欢听我学说《三笑》，明天放学后，就来听吧，师傅会开心的。"

史琳琳的邀请把我吓了一大跳，耳旁响起了妈妈的关照："不能随便和在许兰兰那里学评弹的人来往，更不许踏入老房子半步。"那个晚上，我梦见史琳琳优雅地弹着琵琶，陆小桐拨着三弦，两个人有模有样地对唱着评弹，许兰兰在一旁慈祥地看着……就在他们准备也让我试唱的时候，妈妈拿着一根木棍冲了过来，叫嚷着："叫你不要进老房子，叫你不要学评弹，什么都不听，打断你的狗腿！"

我立刻被吓醒了，发现自己已经浑身是汗。

第二天放学后，我不准备在草前桥上逗留，没想到史琳琳竟然站在草前桥上等我，她笑眯眯问我："陆小桐呢？"

我听着她那充满磁力的声音，仿佛被吸掉了元神，我语无伦次地说："好……好……像在后面吧……"

我不敢看史琳琳，回头望着学校的方向，一会儿，陆小桐果然走进了我们的视线。

陆小桐轻快地跑上草前桥，看见我僵直在那里一动不动，好奇地问："顾子涵，你怎么啦？"

史琳琳看看我，拉着我的右手笑了。她仿佛看到了我内心的恐惧，安慰我说："放心吧，老房子里没有迷魂药，只有爱心。"

我魂不守舍地被史琳琳领进老房子。

首先映入我的眼帘的，是正堂那个古色古香的小戏台。许兰兰手操琵琶，正襟危坐在台中央上的高脚椅上，后面有一个大屏风。她满目慈祥地看着我们走进来。

陆小桐毕恭毕敬地喊了一声："师傅！"

史琳琳把我拉到最前排，示意我和陆小桐坐下来，我神情紧张地环顾四周。

老房子一面成排的大窗对着草前桥街，另一面成排的大窗临河，对岸的人能看得清清楚楚。我想起妈妈不让我进老房子，立即要站起来跑出去。这时，史琳琳已经换上了水蓝色的丝质旗袍，从大屏风后面款款走出来。在许兰兰边上不知什么时候已经多了一只高脚椅，或许刚才就有，只是我没有发现罢了。史琳琳坐上去，像水一样柔柔地看着我。我不禁满脸通红，眼光开始移向窗外。

许兰兰醒木一拍，师徒两人开始说表：唐伯虎载美回苏，夫妻两家头在小船上讲讲说说。

"啊娘子。"

"唔大爷。"

"尚未请教娘子尊姓……"

没想到史琳琳只练了几天，说得便头头是道。她一边低头弹，一边轻轻地唱着：

> 蒙动问，
>
> 嫡姓王，
>
> 爹爹是讳称子悟号龙章。
>
> 翰林降级为知县，
>
> 一琴一鹤住平江……

我收回视线，一颗烦躁不安的心渐渐沉静。

史琳琳和她师傅精彩的表演，吸引了窗外很多双眼睛，我也完全忘记了时间。

许兰兰开始教史琳琳新的《三笑》曲目，陆小桐为我轻轻地讲解着《三笑》的故事，他说："其实这些故事，史琳琳给你的书里都有。"

晚上，等爸爸妈妈睡去后，我偷偷拿出《三笑》，无比好奇地翻看唐伯虎因"三笑"点秋香的故事，还偷偷哼起了书里的唱词。

夏天是水果最最好销的季节，爸爸不断去外面进货，妈妈成天在店里忙碌，没有人管我。

我是那么快乐和自由！

暑假，老房子里分外忙碌，一些美专学生聚在老房子写生。我天天混在他们中间，让人意想不到的是，这段时间里，我已经能唱一两个评弹曲目了。这是许兰兰师傅最开心的事吧，草前桥街的孩子，个个都要能哼上一两句评弹，是她一生的愿望。唯一遗憾的是，我没有学会拨弄三弦。

暑假即将结束的时候，妈妈在帮我晒席子时，从我的枕头下翻到了那本《三笑》。那天下午，她偷偷从店里跑回来，看见我不在家里，就提着棍子找到了老房子。

妈妈像一个泼妇，不容分说见我就抽，我像猴子杂耍一样在老房子里跳着逃。许兰兰想来劝，也被我妈抽了好几棍。最终，我极其狼狈地被横眉立目的妈妈押进水果店。爸爸正好从安徽进了一车西瓜回来，好奇地问我："好好的怎么不待在家里？来这苍蝇、蚊子多的地方。"

我没有说话。

妈妈也没有说话，眼睛里喷发着未息的余怒。

我没有跟妈妈斗气，只是无声地帮着爸爸搬运西瓜。街上的人看见有很多新鲜的西瓜，等不到卸完，都拢过来买，妈妈忙着卖西瓜。等我们把西瓜从车上卸完，一半西瓜已经卖出去了。

妈妈竖起的柳叶眉缓和了，气也消了。什么时候我也学会了观察？是评弹的书里写满了世态炎凉，是评弹讲的都是表情动作和心理刻画，让我学会了察言观色？

想到这儿，我不禁偷偷抿嘴笑了。

我已经好几天都没去老房子了，陆小桐也不敢到我家来喊我。一次史琳琳在街上碰见我的时候，告诉我，她每次走过我家，都提心吊胆的，怕我妈妈给她一棍子。说到这儿，我们都笑了。

天气渐渐冷了，我的睡梦里常常会出现史琳琳和陆小桐的音容笑貌，但我几乎打消了再去老房子的念头。

一个周末的夜里，妈妈坐在镜子前忐忑不安地看着自己的脸，我奇怪地问："妈妈，你要去约会吗？"

"什么呀，你这个傻儿子！"妈妈的脸有点红了，顿了顿说，"我……想去老房子里听史琳琳的书，听说她的比赛都拿了小梅花奖。"

我完全弄不懂，妈妈对史琳琳不太友好，今晚怎么会突然心血来潮去捧场呢。"史琳琳不是长着一双狐狸的眼睛吗?"我反问她。

"儿子,那是你妈的玩笑话,等会儿陪我去吧。"

"不去!"我可没有忘记上次被她押出老房子的狼狈相,谁知道妈妈是不是在试探我!

妈妈走后不久,爸爸从店里回来了。我偷偷问爸爸:"爸爸,妈妈怎么忽然想去老房子呢?"

爸爸说:"我和妈妈发现,自从你跟老房子里的人玩在一起后,性格比以前好了很多,你妈妈一直很纳闷。然后是今天白天,有几个小偷假装来买水果,忽然把店里装满了钞票准备进水果的钱包抢了就逃,你妈妈急得在后面大喊,听到你妈妈的喊声,街坊都过来帮你妈妈,其中,史琳琳的爸爸还挨了一刀,幸好衣服穿得多,伤得不深,你妈妈感激地掏出钱要送他去医院,但他拒绝了,说这是小伤……还都是街坊邻居好呀!"

爸爸感慨道:"你妈也是良心发现吧,这世上哪有那么多的仇恨呢,再说,我和许兰兰那都是过去的事……"

我和爸爸还没说完,妈妈却回来了。

妈妈的身上、头发上全是水,整个人狼狈不堪。我吓得大叫:"妈妈,你怎么了?!"

"子涵,快,快给你妈烧洗澡水!"爸爸赶紧把妈妈拉进屋。

事后，我才知道，妈妈去听评弹的时候，怎么也迈不进那老房子的门，一直在外面听。

恰巧，许兰兰拿着两提热水瓶出来，去老虎灶打水。妈妈怕被她看见，赶紧往河滩下走，一不小心滚下了河。许兰兰看见了，赶紧扔了热水瓶，把妈妈救上岸。

这件事后，妈妈开朗了很多，对我说："子涵，如果你想去老房子，你就去听听好了，只要不耽误功课。"

爸爸笑眯眯地看看妈妈，什么也没有说。后来，爸爸告诉我，妈妈之所以不让我们全家去老房子，就是怕许兰兰有一天把爸爸从她的身边夺走。

唉，我这个傻妈妈哦！

冬至那天，在陆小桐的带动下，我又一次来到了老房子。我看见史琳琳在操琵琶，边上多了一个身穿长衫的青年，两人在那里说唱：

[表]（白）当中这样物事看见仔倒一呆得来。

（唱）那文宾举目四下看，

　　　却原来摆在中间一个小佛橱。

　　　羊脂白玉一尊观音像……

陆小桐指着那个一身长衫的青年说："那是史琳琳的搭档，已经考进了评弹学校，将来两人会成为黄金搭档。"

青年唱完，史琳琳对他眯着眼睛笑，我看得出这眼神的含义。我和陆小桐坐在那里已经好久了，但她根本没有看到我们，我心里感觉到史琳琳离我和陆小桐越来越远，但我一点看不到陆小桐的眼里有失落的感觉，他还是那样开心地看着他们。

那天回去后，我就病了。

一个人躺在床上，茶饭不思。妈妈吓坏了，以为我生病了，她哪里晓得，我的状态比生病还要糟糕。妈妈关心地来摸我的额头，我控制不住对她咆哮："你干吗？能不能让我静静！"我没想到，在我眼里一向穷凶极恶的妈妈，被我的咆哮吓得一愣一愣的，什么话也不敢说，就轻轻关上了我卧室的门。我也没想到自己的咆哮会有这样的杀伤力。

我像是一匹流浪在荒野被同类抛弃的狼，在绝望又极其恐怖地嚎叫。

我想着自己被妈妈从老房子赶出来时，史琳琳失望的回眸，史琳琳和那搭档白天里默契的笑，我终于无比失落地掩着被子哭了。

我连续两天没有去上课。班主任叫陆小桐给我妈带来了口信。第三天，我勉强去上课了。陆小桐问我："病好了吗？史琳琳知道你病了，还想着来看你呢。""哦，你替我谢谢她。"我假装平静地说。我坐在教室里，似乎能听到史琳琳在楼上的笑声，甚至能感受到她胸腔里的心跳声……

爸爸来安慰我。我问起了他和许兰兰的事儿。我爸爸笑了笑说，其实我们的故事的开始就像你和史琳琳的故事一样。原来，我每一次在窗口偷偷和史琳琳的眉目对话，都被爸爸看到了，只是爸爸不说。"后来，她和评弹搭档去走江湖了，在你爷爷奶奶的逼迫下，我和你妈结婚了。唉，只是，你许阿姨回来后，再也没有出过老镇……"爸爸红着眼圈说。

元旦夜，妈妈拉着脸色苍白的我，和爸爸一起到老房子里听评弹，里面聚集着街坊邻居。人群里，史琳琳像一只开心的小鸟，不时地发出银铃般的笑声。我发现今天的史琳琳是最最漂亮的，浑身上下散发着青春的活力，就像，一个快乐的天使，是的，一个浑身散发着光芒的天使。

我的心刺痛着——

这次，史琳琳终于看见我了，她开心地惊叫着："顾子涵！你的病好啦？"她穿过人群走过来，特意抱了抱我，"对不起，上次陆小桐说你来了，那天我们正在紧张地排练今天的一个节目，所以没有看见你。"

我刺痛的心，慢慢被融化了，能看到她这么开心，似乎应该为她祝福。

我原谅了她，笑着说："没事，你去忙吧。"

她对我笑笑，然后对我爸爸和妈妈笑着点了点头，就去忙她的事了。

"一个多懂事的孩子!"妈妈看着远去的史琳琳不无赞美地对我爸爸说。妈妈从来就只会批评别人,什么时候也开始赞美别人了?

六点半,老房子里的灯光暗下来了,但戏台上的灯火亮了。大家坐在一个个小凳子上。报幕的是许兰兰,她满面笑容,我想今天她笑得一定是最开心的,台下该来的和不该来的街坊都来了。第一个上场表演的是陆小桐。他也穿着长衫,手拿三弦,边上有个操琵琶配合他的胖嘟嘟的姑娘。

我等不到史琳琳和长衫青年压轴上场,就偷偷抽身而出,一个人站在清冷的月光下,老房子里的热闹被完全隔绝了,仿佛草前桥又重回到原来的平静……

《草前桥》文字背后

我长久地痴迷于吴地评弹,特别是2006年,因工作需要我来到社区公建房,在那儿开辟出一个书场。每天,评弹的声音缭绕在耳,听得我像醉了一般,我摇头晃脑地感受着,浸润着……一拨拨的评弹演员来来去去,我写出了小说《评弹姐妹》,在《少年文艺》刊出后据说反响不错。十年过去,我也早已不在书场,但评弹还是缭绕在心。这次我写的《草前桥》还是以评弹为题材的小说。

人生总是充满了遗憾,不如人意常八九。累

了、厌倦了，就会去一江之隔的角直，也就是我小说里的甫里镇走走，摸一摸雕花的门廊，感受一下古旧的美好。物是人非，我的心却依然在追寻逝去的岁月，如风拂过琵琶的弦，呼唤着往日的童真。

我笔下的草前桥其实是有名字的，但我却不想写真名，因为有些真实的东西，往往没有梦里的美好，就像在我们童年时候发生的故事，当时感觉不到，长大了却觉得是那么美好。

每个人的心里也许都应该有一座自己的桥。

夏天的情绪

翔一进入高中就感觉自己被锁进了季节的圈子。无休无止的更衣，让他备觉愚蠢和乏味；还有似乎无休无止的学习，使青春期的他变得格外烦躁不安。

翔记得自己上初中时总是那么乖巧，从没有令老师和父母失望过，所以他轻而易举地考上了这所重点高中。然而现在，他来了个一百八十度的大转弯。他想起了儿童文学作家谷应的报告文学《危险的年龄》一书，觉得自己的高中时期才属于真正危险的时期。在这段生命之弦完全被绷紧的日子里，翔的梦里有过无数冒险的行为，包括逃学、游行，甚至是自杀……他时常想抗议，可时常会屈服于现状。

他设想着自己变化的种种理由，可除了苍白，还是苍白。但翔看到了一张富有表情的脸，倔强和忧郁使那张脸变得粗犷起来。他知道，这是他亡友的遗容。他常常回味着永远定格在照片上的那张脸。朋友的亡去，使他有些无所适从；矛盾的心理使得他的脸更显苍白和呆板，也使得他内心的平衡木像跷跷板一样起伏不定。翔看着同学们都一副玩命样儿，全身心地游弋于刀山火海般的书本中，感到有些愤愤然，但他能说些什么呢？同学们只会嘲笑他，老师和家长只会怒斥他。他知道现实总是如此。他望了望天空，是一种蓝得让人眼晕的颜色。快到夏天了吧。他是多么渴望夏天哪！他准备利用这个假期到北方去看看，看看北国的夏天，那里的天空是否会蓝得更加诱人，是否还会有他已故友人笔下的"那种千年不化的冰洁"。然而，总有一些东西会阻止他的计划，总有一些东西让他不战而败。有些时候，他越是想逃避命运，就越逃避不了命运的捉弄。

加眯出现的时候，他还以为是一场灾难。年轻人碰到可心的异性总是慌慌张张的，就好像有一个不可告人的阴谋藏在心里，久久不敢释放。

高一的最后一场考试结束后，新生们顿时老成起来，背起书包都有了急急归家的打算，只有富翁的儿子钟离，像一个轻快的迪斯科音符飘了过来："哥们儿，去通宵网吧找人聊聊？"

钟离打着领带，穿着金利来衬衫，面对考试像面对约会。女生们都笑他，但他无所谓，还不是因为他有个有钱的老爸？——他什么都无所谓。

"OK！"翔没有想到自己还有同道中人。

上课时，钟离拿着书本念念有词，一副好学生模样，原来都是他有钱老爸逼的。

生活中总有和自己相像的人，只要你不拒绝，总会有朋友，哪怕他明天会是你的敌人。从学校到饭馆的路上，两个年轻人已经像无话不谈的知己。年轻人总有许多共同的话题，这使翔很吃惊。

自从他唯一的朋友——那个未曾谋面的网友去世以后，他就再没有交到过可心的朋友。网友从小在北方长大，有一天他的父母逼着他跟他们来到了南方。网友始终情系北方，心里、梦里，想到的都是北方的"冰洁"，但在一次抗洪抢险中，他为南方献出了自己年轻的生命，一下成了他的亡友——豪迈的结局，让他备感难过和难忘。

从此，翔一直处在自我封闭状态，以为"前路再没有了知己"，现在看来是"得来全不费功夫"。

"吃饱了饭好干革命！"钟离坐在饭馆的一角说。

翔没有想到钟离这么幽默。

通宵网吧里的小老板是个高考落榜生，对学生总是一副笑容可掬的模样。小老板看见钟离，笑着甩了他一拳，说："小子，上了高中就不认人了，上了大学怎么得了？"

"我是拿人的钱，替人读书！"钟离自我解嘲地苦笑道。

那我呢？我又在替谁读书？翔想到自己几场考试都是混混沌沌的不知所以然。大概自己谁也不为吧，他超脱地自我安慰。翔似乎忘记了他初中时代的"苦行僧生活"，只记得高中"做一天和尚撞一天钟"的生活惯性。其实一开始，他认真去听老师上的每一节课，还是想努力改变一下的，可是后来越来越听不进去了，课堂甚至成了他睡觉或天马行空的乐园。

"这是你的女秘？"钟离看到旁边站了一个漂亮的女"侍者"，便与小老板打趣。

"哪里？她是我表妹加眯，刚考试完，过来玩的。"

网吧里又来了几个学生，小老板打了一个"对不起"的手势，让加眯招待他们，自己招呼别的客人去了。女孩不仅有一双很漂亮的大眼睛，有着修长的身材，还有一副自然甜美的神态，翔忽然感觉自己的头脑有点晕乎乎的。

"你是五中的美眉？"钟离看了看她的校徽，自来熟地想和加眯打趣，但加眯给他们找了两个位子，回了他一个微笑，便招呼别的客人去了。钟离失望地耸耸肩，但翔还是很佩服钟离的胆气，自己跟女孩说话一直没有钟离的那种自信。

后来翔看到加眯不知什么时候手里多了一本书，时不时忙里偷闲地翻动着书本。翔没有想到这么漂亮的一个女生，在这样的场合还是这么不让自己轻松。就在这时，翔和钟离看到加眯对着刚进来的一个帅男孩做了一个飞吻的动作，还亲昵地把他拉了进去。钟离向小老板打听到，加眯在第五中学的成绩出类拔萃，在文学方面更是无人可及，她的散文还在报纸上发表过呢；而那个帅男孩的名字叫阿昌，他们在一起已经一年了。

钟离有些不甘心，看了一眼翔，自我安慰道："网上的美眉一定更多，更刺激。"

然而事实并非如此，网上平淡无奇的聊天，终于令他们大失所望。美眉们都跑到哪里去了？翔和钟离的脑海里同时闪过这个问题。难道她们今夜都"与星星有个约会"？翔和钟离这样想着，不约而同地看了一眼加眯，只见她一副兴高采烈的神情。

自从那次心血来潮，和钟离偶然走进网吧之后，翔在炎热的季节里，一直等待着豪雨来泼洒他那颗驿动的心。在时雨时晴的都市黄昏中，翔理所当然地想到了他的旅行。当然，他的北国旅行梦终没有实现。钱是一个问题，家长的阻拦更是一个问题，有些时候孩子们不得不屈服于二者，就像钟离为了前者整天拿着书本作"苦行僧"状，去讨好他的父母。但翔觉得自己是高中生了，是大人了。他总觉得有些时候大人对孩子的某种权力，近乎残暴。每个人都有自己的梦想和憧憬。父母作为大人，何苦要让孩子绝对服从他们，用他们的世界观来控制孩子的思想和梦想呢？他要的是平等和自由，他追求的是他自己想要的东西，尽管他还没有考虑清楚自己到底想要什么。

　　为了逃避父母的盘问，为了逃避父母冷酷的阻拦，翔只带了一点儿平时节省下来的钱，偷偷去了一个离城很近的水乡古镇甪直——叶圣陶的第二故乡——做了一次短暂的旅行。这是一个富有江南气息的千年古镇，古刹、园林、老街、拱桥、水巷人家，把旧江南曾经的繁华展现得酣畅淋漓。导游小姐说，甪直原名"甫里镇"，后来才更名为"甪直"，因为"甪"字正好象征古镇的水网，由横两条河道、竖三条河道组成一个"用"字，上面的一撇则象征着镇子的龙脉（龙角）——镇东端的那座青龙桥。这里的每条河道都笔直相通，融入横接东海和太湖的黄金水道吴淞江……源远流长的历史，随处可见的典故，处处洋溢着吴文化的绚烂。翔在这里仿佛忘却了学业和尘世，一任自己陶醉于"歌舞千年事，还应明月同"的吴国王朝以及《多收了三五斗》中那一段熙攘纷飞的日子……

　　但他绝没有想到，他会在这个古镇上碰到加眯——网吧里偶遇的那个漂亮女孩。在那一刻，翔发觉自己无论怎样也是逃避不了现实的。

　　在这时雨时晴的初夏，忽然一场暴雨把游人和导游小姐冲得鸟兽散去状，唯独翔沉浸在雨中的古巷中，聆听着屋檐滴水的声响，感受着这富有沧桑气息的老街。不知哪家飘出的袅袅炊烟弥漫在幽长的小巷中，翔仿佛醉了，泪眼迷蒙。
一种情绪触动了他的心弦，他想起了自己为亡友作的一首诗
《心城》：

> 晴朗的夏日
>
> 你常常莫名地说下雨
>
> 喃喃地诉说着北国的冰洁
>
> 你不会微笑，不会游泳
>
> 南方是你扎不下根的土地
>
> ……

随后他又想起了戴望舒的那首脍炙人口的《雨巷》：

> 撑着油纸伞，独自
>
> 彷徨在悠长、悠长
>
> 又寂寥的雨巷，
>
> 我希望逢着
>
> 一个丁香一样地
>
> 结着愁怨的姑娘
>
> ……

它像一个故事，一段记忆，唤醒了他的诗人梦。初中的

时候，他是一个浪漫的孩子，喜欢诗，喜欢运动。随着网友的离去，随着学业的紧张，他变得孤独了，也埋葬了所有的幻想，但今天他竟想起了很多尘封的东西。

翔没有想到他仅有的一点点叛逆，被一些柔软的东西，就这样很轻易地击溃了。高一的班主任曾经批评过他的不专心，第一学期时还以为他偏科。班主任说："没有坚实的基础，怎么做诗人？考不上大学什么都是空的！"为此，他曾试图反抗过，但他的诗终究没有发表出来。戴望舒是大学生，徐志摩更是一个大学生，也许，老师和父母说的是对的。但翔不愿接受这个结果，难道所有的人只有一个目标，所有的题目只有一个答案？

走到一个十字巷口，巷子忽然变得宽阔起来，呈现在翔眼前的是河道，是树木。在小巷里不觉得天气的变化，屋檐还滴答着雨滴，出了小巷才知已是雨过天晴。苍翠的树木散发着植物特有的气息，给人带来无比清鲜舒爽的感觉，翔就是这时候看到加眯的。

穿着红衫红裙的加眯，就像一道耐看的风景，让翔的眼神分外缭乱。加眯就像那种万绿丛中的一点红，或者就似那类带点叛逆带点俏皮的新潮女子，让他的心头掠过一道"楚留香"的影子。从前他很喜欢古龙的武侠小说，但那些都已是尘封的往事，他没有想到那些往事会在今天被一一点击。

其实，翔那时还没有看清她就是加眯。翔站得很远，最惹他注意的不是加眯那张灿烂的脸、那略涂过口红的唇，而是她那双后跟很高很高的皮鞋。翔就这样望着加眯的皮鞋，完全忽略了加眯的那一头长发和长发下的脸蛋。远远的，加眯从拱桥上旁若无人地走下来的时候，忽略了暴雨之后鹅卵石筑的"滑道"。翔就这样看到加眯滑着弧线一样的轨迹，重重地摔倒在地上，尼龙袋里的书本跟着撒了一地。在场的人惊讶一番之后，见摔倒的人无恙，接下来便是一阵哄笑。

顿时，鲜艳的加眯像被人当众揭丑一般无地自容。翔很有风度地奔过去，扶起加眯。翔在帮她收拾书本的时候，两人目光相遇，不约而同地说出一个字："你!"显然，他们都认出了对方。

翔帮加眯把书一本本放入尼龙袋，不解地问："干吗带这么多书?"

"看哪——"加眯忘却了刚才的尴尬，耸耸肩调皮地一笑。

翔有些陶醉了，被这笑，这淡淡的一句话。他挠了挠头，说："那天，我在网吧里也见你拿着书看。"

"我不比你们，我的背上除了自己，还驮着另一个人的希望，所以我得努力……"加眯的脸忽然阴沉了下去。

"是你妈妈，还是……"翔还想问下去，但他刹住了。

"不，你不会懂的。"翔看到加眯回答的时候，眼里忽然溢出了泪。

听了这话，翔像失去了知觉。但他不服气地想，我不懂？我曾经可也是一个顶呱呱的棒学生呀。

翔没有和加眯说再见，便自顾自地走开了。他又想，她的背后会有一个什么样的故事呢，让她如此沉重？

就像所有浪漫的故事一样，他们的邂逅，在平淡无奇的夏日里拉开了一道帷幕。但翔知道，她身后一定有阿昌。

他远远地回头对加眯笑了一下，很识趣地走开了。

这毕竟是他第一次跟女孩靠得这么近。

旅游让他暂时忘却了现实的困扰，但回到家里等待他的却是一连串的责问。翔看见父亲的烟灰缸里积存了好多的烟头。

"你到底去了哪里？快告诉爸爸妈妈，你知道我们有多担心你吗？"母亲声泪俱下地说。

翔轻描淡写地说："我到同学家里去了。"

"胡说！你的每个同学我都联系过了，可都没有你的消息！"父亲把烟往烟灰缸里狠狠地一戳，忽地站了起来，"你看看你的成绩单！半数'开门红'，成天混，读什么重点高中啊！以后再随便出去，我打断你的腿！"

"你们口口声声说爱我，可分明像囚犯人一样囚禁我！"翔没有想到父母会有这样的反应，简直把他当成了三岁小孩。

翔本想在同学面前独树一帜，可自己只出去了两天半而已，父母就大动肝火，他能在同学们面前证明什么呢？翔想，他的网友之所以会英年早逝……如果他父母不强迫他到南方来……

"你没有资格和我们争论，你吃穿住用哪一样不是我们的钱？我们有权利监护你，管制你！"父亲暴跳如雷，又不无心痛地说，"前几天我还在单位里夸你……你让我的脸丢尽了！"

"好了，好了，你也少说几句。"母亲似乎看到翔有些不对劲，便对父亲说了一句，顺便把成绩单塞到了翔的手里。

翔没有再跟父母啰唆，把自己一个人关进了卧室。他听到父亲和母亲在客厅里争吵，为那个"是谁宠坏了他"的老论题争吵了一夜，但最终也没有争吵出一个结果。

初中的时候，翔读书是那么认真，生怕漏掉老师讲的一个字，总是和别的同学核对笔记内容。每天回到家，他除了做好作业，还要温习老师白天讲的知识，预习第二天要学的内容，有时睡觉都是由他母亲提醒的。

他家的经济状况并不好，但父母看到他这样勤奋，为方便他学习，竟省吃俭用，为他买下了一台电脑——他就是在电脑上认识了现在已经死去的那位网友的。

　　初三那年暑假，翔的父亲看见他在大汗淋漓地解一道难题，尽管最后题没有做出来，但他好学的精神深深打动了父亲。父亲又狠狠心，在他的卧室里安装了空调。

　　翔考上了重点高中，他给网友写了一封信，顺便告诉他今后的联系地址，不想收到的却是网友的母亲寄来的网友的死讯和遗像。网友年纪轻轻，却魂落他乡。他为友人的英勇壮举感到骄傲，也备感沉重。后来翔常常会拿出网友曾经寄来的书信默读，每一次都禁不住热泪盈眶。也就是在这个时候，他人生的目标开始偏离了。生命的易逝，让他渐渐地把理想看淡了。

　　第二天早上，爸爸拿来了牙刷和水盆，妈妈端来了一碗冷热正好的荷包蛋，向翔道歉，并保证以后不再过问他的事。翔没有想到，他准备展开一个暑假的冷战，结果却是这个样子——他感到有些心酸。

　　夏日的天气犹如画家肆意的泼墨，随时都会泼来一场大雨，让人手足无措。翔就是在这样的天气里再次遇到加眯的。

　　那天，翔一直躺在床上，钟离打来电话请他去街上吃火锅。翔没有想到钟离还会记着他，便毫不犹豫地答应了。翔跟着钟离在街上漫无边际地行走着，听钟离讲着几天来的事情。翔知道钟离的父母在暑假里是不管他的，可自己的父母，自己只去了一次角直，就对自己的行踪追问个不停。

忽然，钟离指着一位高挑的少女，兴奋地说："加眯，是加眯，你看，你看。"

那女孩一愣一愣地往这边瞧着，与翔的目光相遇后，抛给他一个甜甜的笑容。

"你跟她熟识?"钟离奇怪地问。

"不熟识。"翔没有告诉他那次甪直之行，那个纯粹的邂逅。

钟离有点属于纨绔子弟一类的角色，交际的手段有时候纯熟得令人吃惊。在他的一次生日宴会上，加眯竟然在场。她满目忧伤，但见到翔后，还是对他露出了灿烂的一笑。钟离除了翔这个能舞文弄墨的朋友，交往的都是一些只会用钱的朋友，所以他对翔特别热情。钟离指着翔对忧郁的加眯说："这位哥们儿是我的同窗好友阿翔，很喜欢诗的。"然后便报出翔在高一第一期的黑板报上写的唯一一首诗《心城》。不知是谁的提议，大家一定要翔把诗朗诵出来。翔很大方地朗诵起来：

朗朗的夏日

你常常莫名地说下雨

喃喃地诉说着北国的冰洁

你不会微笑，不会游泳

南方是你扎不下根的土地

我常常坐在窗前遐思

那座和我通信的南方小城

因为，有了唯一的你

究竟会有些什么样的故事

……

　　所有的人都被翔的声音感动了，但翔旁若无人地继续说："有一个从小在北方长大的男孩，有一天跟着父母来到我们南方的一个城市，在与他格格不入的世界里，男孩常常想到的是他北方的故乡。后来因为孤独，我们成了网友，我在南方的另一个城市里，听他讲心里和梦里的北方。有一天，当他居住的那个城市被水所困的时候，他成了抗洪一线的志愿者。后来男孩永远地离开了这个世界，在所有可以朗诵的地方，我想让每一个南方人都记住他……"

　　所有的人都沉浸在忧伤的故事中，翔看到加眯的脸上流满了泪水……翔就是在那个聚会上，知道了加眯失恋的消息。那个叫阿昌的男孩不懂得珍惜，竟丢下她拂袖而去。在那次生日宴会上，钟离高兴得有些得意忘形，不时地向加眯大献殷勤，加眯却一直在那里不时地抽泣。钟离大呼后悔让翔朗读了那首该死的诗，翔也不明白那首诗怎么会如此触动加眯心灵的最深处……

后来翔常常在黄昏时分看到加眯，常常看到她独自兀立在湖边的背影。有时候加眯看到翔，便对他一笑。后来见的次数多了，他们便开始聊天。加眯说得最多的还是阿昌，一个永远走不出初恋的女孩，忧郁得令人心酸。

"我有什么错？我叫他多读点书，又有什么错？"加眯泪水涟涟地说。对有些人而言，加眯的梦想也许太沉重。有些人甘愿平凡，在平凡中同样也能找到成功的乐趣，这就是阿昌。

翔并不想做一个平凡的人，但他不想让自己把考大学看成是唯一的出路。"难道我们只有考大学？这是唯一……"翔背着加眯问。

"我不是这个意思，但是现在我们既然是以读书为主，那为什么不好好读呢？我们的父母挣钱多不容易啊，我们为什么要违背他们的意愿呢？"

现在翔觉得阿昌的离去是对的，加眯属于理想型的女孩，阿昌不是。但翔觉得加眯说得很亲切，如果换了老师和父母说这两句话，他可能要反感，但出自同龄人口中，它有些被认同了。

翔没有想到在甪直碰到加眯的那天，正是他们分手的日子。那天，加眯带了很多书，本来想和阿昌旅游读书两不误，没想到阿昌厌倦了那种太过沉重的人生，走上了他独自旅行的路途。整个过程就像一出戏，翔觉得有些头晕目眩。

一天，翔与钟离相遇，本来想说点笑话，哪知钟离见了他如仇人一般："小子，我还把你当我的好兄弟呢，原来你比我还不是人！"说完便愤愤离去。

烈日照耀着翔的脸蛋，照得他的额头红得有些发紫，明天他就将重返校园成为一名高二的新生。

也就是在那个傍晚，翔再次遇到了加眯，她的头发不知什么时候剪短了。但翔知道那散不去的感情旋涡，还荡漾在她的心头。他们坐在石墩上，默默无言。后来，加眯给她讲了一个卖花女的悲惨遭遇：卖花女是个外地来打工的女孩，情人节那天，一个电话打到花店，让她十分钟之内一定送九十九朵玫瑰花到一个酒店的婚宴上。女孩抱着花束匆匆赶去的时候，半路上遇到了车祸。女孩被车子撞出好远，那些玫瑰像天女散花一般，撒了一路。女孩的样子极其惨烈，气若游丝的她被送到医院已经无救。她挣扎着，流着泪说我想要一朵花，我长这么大从来没有人给我送过一朵花……说完，不等别人有什么举动，她便永远离开了这个世界……

翔和加眯的脸上挂满了泪水，加眯对着他轻轻地说："我上次之所以被你的诗感动，是因为那男孩的结局和这个女孩是多么相似啊！卖花女曾经是我初中的笔友。在她家乡那个普遍重男轻女的地方，她的父亲有了三个儿子，他有了足够荣耀的资本。女孩初中毕业后，她的父母便让她辍学务农了。但女孩不甘心，后来瞒着家人，来到了我们的城市，成了一名送花使者……如果我们不曾相识，她也不会来到我们的城市！你知道她为什么会到我们的城市吗？其实她只想看着我考上大学，她说他们村里还没有出过一个女大学生……"她顿了一下，已经泣不成声，"笔友走的那天没有一个亲人来送她，我是唯一一个送她走向另一个未知世界的人。从鉴定死者身份到联系她的家人这一系列烦琐的过程，把我和她紧紧地联系了起来，让我始终感到自己像是一个葬送了朋友性命的罪人……我知道人不能永远背着包袱，我也试图改变过自己……"她低着头喃喃地吟诵着他的《心城》：

　　……
　　绵绵的阴雨
　　你带着沉甸甸的忧郁
　　在湿漉漉的街上独自踯躅
　　小城无语，默默地
　　承托着两串脚印里的乡愁

　　有一天小城被水困住
　　你的身影在急匆匆地奔走

急流将你无情地吞噬

只留下你一双浅浅含笑的眸

从此

我心中的那座南方小城

便成了一座空城

加眯痴痴地轻诵着翔的诗作，两个人好久都沉浸在忧郁的故事中不能自拔。

天空中飘起了细雨，翔含泪对加眯说："下雨了，回去吧。"

加眯没动，一直都没有动。

翔回到家里，窗外开始下起了大雨，他的父母不无担心地问："阿翔，你去了哪里？下大雨了，幸亏回来得及时，我们都担心死了！"

这一次，翔没有对父母的关心发火。他以前一直觉得他们多管闲事，用种种理由约束他。但在这个暑假里，他慢慢地读懂了一些东西——从加眯，从一些朋友身上，他慢慢地读懂了。

这一刻，翔开始感到了温暖。在他灵魂深处随着亡友死去的一些东西，正在慢慢地苏醒。现在，他深深地知道，在人生的路上总有一些抹不去的阴影，总有一些脆弱的生命，在伴着彼此远行。作为生者，更应该为死者活着——灿烂地活着。

推开窗户，雨早已停止，晚霞喷薄而出。翔扶着窗栏凝望天际，忽然一道绚烂夺目的彩虹横空划来，翔的心里顿然荡漾起对生命对亲情对世界无限的感恩之情，他仿佛看到了被雨水淋湿的加眯，正张开双臂似要拥抱住这美丽无比的彩虹……

河马是匹马

在炎炎酷暑，河马忽然像一匹马一样出现在公爵视线里，公爵却有点小兴奋，他甚至想问问河马考上了什么学校。

今天，公爵决定去吓一吓河马，报复一下。

河马拐弯，刚要跑过小区大门，突然冲出一个人，吓得"哎呀"一声，定睛一看，原来是公爵。

"你这么早过来，不会就为了来吓我一跳这么简单吧?"河马故作淡定。

公爵得意地说："才不是呢，你看我的这身行头。"

河马看他今天也穿了一身短打，还是鲜红的运动装，便好奇地问："你也想跑步?"

"对呀，河马行的，我公爵也一定行!"公爵把手举得高高的，像在宣誓。

河马把公爵的手放下来，说："拉倒吧，这种跑步可不是你这种奶油小生能承受的。再说你补水等物品都没带足，我不和你说了，我跑了。"说完，河马拍拍腰中挂包里的必备品。

公爵说："小看人，假小子！"说完，扬长而去。

这个假期，公爵每天都会在十七楼阳台闲眺平静繁华的小镇。虽然只考上了普通高中，他也决定好好享受难得的暑期。

他在闲眺时看到了一个短发"小子"在吴淞江沿岸的甪直大道上奔跑。他第一次看到这个身影时，还以为是个男的，看着"他"昂着头，像一匹骏马在矫健地奔跑，最终她胸口藏着的"兔子"暴露了她的性别。

他在楼上仔细端详她，甚至还拿出了家里旅游用的望远镜，发现她居然是自己初中的同桌——河马。

河马长得比较壮实，声音又厚实，笑的时候大嘴咧开，露出一排大白牙，因声形皆似河马而得其雅号。河马喜欢动，读书时经常抖腿，抖得公爵写的字都像蚯蚓一样扭呀扭的，班主任不只一次讽刺公爵："你的字扭呀扭的，准备扭到哪里去呀，扭秧歌呀。"

班级里哄堂大笑，公爵有苦说不出，对河马说："你能不能坐稳一点呀，抖得我字都写不好。"

河马透着没有任何商量余地的样子说："我怎么没坐稳

呀，你看我坐得多稳当。"河马跷着二郎腿，一边毫无节制地抖着大腿，一边得意扬扬地朝他吹口哨。

"我是说，你的腿抖得太厉害，我都没办法写——字——啦！"公爵终于放下绅士派头，忍无可忍地大声说道。

所有的目光都朝着他们这边看。

"你哪只眼睛看我抖腿了？喂，喂，同学们，你们听听，公爵不好好听课原来一直盯着我的大腿看呢！"

这让公爵有口难辩脸红耳赤。特别是坐在他们后面的刘美丽，当她那黑葡萄一样的眼珠看他时，他觉得自己完了。

她不要脸，他还要脸呢。得，只能忍气吞声呗。

男生们都无比同情地看着公爵，但都不敢去得罪河马。

河马的腿抖得更厉害了。

公爵只能装傻，索性玩起橡皮泥来。一会儿就捏了一只河马，公爵笑了。

河马看见了，一把抓住，将橡皮泥收入囊中。

公爵没有与她斗嘴，知道不是她的对手。

其实，这个班级里谁都不愿意和河马同桌。班主任让斯文帅气的公爵与她同桌，心里只想让她收敛点儿。

公爵没办法，只能答应和河马坐，可一坐就是三年。

有一次他还为这件事向刘美丽做过解释。刘美丽什么也没说，只是劝说他好好考试，早一点脱离苦海。

刘美丽其实和公爵一样痛苦无比，她经常被坐在最后面的韩漠无事献殷勤。刘美丽熟视无睹,但不知怎么回事,韩漠却和刘美丽那不学无术的老爸打成了一片。

刘美丽做梦都想考个重点高中,她美梦成真,如愿考上了最好的高中。

公爵也够倒霉的,中考没考好,妈妈把他骂了个狗血淋头,但他一点不生气,想起和河马待一起的窘状,这是幸运无比的事啊!

此时,公爵的不领情,让河马很不爽。河马跟在他后面跑,保持着匀速,她倒要看看公爵是怎么"死"的?

果然,跑了不到一千米,公爵就累得面红耳赤,但他不想被河马看扁,强装一副轻松状,慢慢和她并肩而行。

河马还是动了恻隐之心,不和公爵斤斤计较,有意把他往树木多、水多、凉爽的道上带。

很快,他们来到了河边坑坑洼洼的土路,沿江而栽的林子,像河流的保护神。公爵毕竟是初跑者,哪能和强壮如马的河马比跑步呢。他终于上气不接下气,弯腰狂喘。河马一看公爵脸色苍白,立刻拿出腰包里的矿泉水递上。

公爵停下脚步,扭开瓶盖,一口气喝了下去。河马还拿出一块士力架,让公爵补充能量。

河马的小举动,让公爵很感动。他知道自己再跑下去肯定会口吐白沫一头栽倒。过了好一会儿,公爵才缓过神来,他对河马三年的不满一下化为乌有。

他们走在河边的林荫小道上，河风缓解了闷热，他俩一下加深了友谊。

在这一大片林子里却听不到鸟的叫声。一向爱鸟的河马有些纳闷。于是她吹起了口哨，学着鸟的叫声，俨然一个"假小子"。公爵看不惯河马不男不女的样子，就把脸扭向林子。

这时，公爵意外发现林子的一片空当处，布着一张网，网上还缠着鸟的羽毛。

"嗨，嗨!"公爵惊叫。

"啊？是捕鸟网?!"河马也发现了异样，她像聪明伶俐的猎犬，嗅着空气中的杀气和腥气；像机智勇敢的猎人，在寻找着捕鸟贼的蛛丝马迹。

"嘘——"

河马伸手轻轻地压住公爵的身子，两人猫腰埋伏在林子边的草丛里。

"看，那边有两个人呢。"河马指着不远处，有两个人在鬼鬼祟祟地往菜花地里跑。

"看到了，怎么是他们?"

"这不是……韩漠吗?"河马没想到，同学韩漠怎么和好朋友刘美丽的爸爸混到了一起。

在这里碰到熟人，公爵很意外，他喜滋滋地跳出来喊："震元叔，你们怎么来这里了?"

　　刘震元手里有一个黑色的马夹袋，听见了喊声，赶紧把袋子往包里塞，吞吞吐吐地说："呃，我……我们来……"

　　韩漠眼珠子骨碌碌一转，拍了拍刘震元的背，说："公爵哥，你别多心，我和震元叔是来锻炼身体的！"

　　"对，对，我们是来锻炼身体的！"

　　河马纳闷地问："震元叔，锻炼身体还带包啊？"

　　韩漠眨着狡黠的眼睛，说："震元叔看见路上有矿泉水瓶子，就顺便捡起来，既环保又能卖钱补贴家用，有什么大惊小怪的。"

　　河马听了，不由得对刘美丽爸爸肃然起敬。

　　刘震元满脸堆笑："对，对，我这还不是为了补贴家用嘛！"说完，好奇地问："你们这是……"

　　"我们也是跑步路过。"公爵说。

　　"你们跑步？"韩漠有些不相信他们单纯只是跑步。

　　公爵脸不红心不跳地问："你们是怎么跑到这边来的？我刚刚在这里看到了可恨的捕鸟网，我们才埋伏在这里的。"

　　"原来是你们……"刘震元蹙眉探询。

　　公爵说："我们是来抓捕鸟贼的。"

　　刘震元大声说："抓鸟的贼真是太可恨了。"

　　"就是，公爵，我和你一起去抓捕鸟贼。"韩漠随声附和。

　　"好呀。"公爵很高兴。

刘震元说:"那我就不打扰你们了。"

刘震元挥一挥手,独自往西赶去。

三个人埋头商量如何处置捕鸟网。

河马说:"把它扔了吧。"

韩漠拍手赞同。

河马想了一下,又说:"这不是办法,把网扔了,扔在边上,又会被黑心的捕鸟贼张起来,还不如扔到河里。"

公爵持不同意见,说:"扔到河里,会有不幸的鱼儿钻进去被网住。"

他们商量了一下,决定把网撕烂,扔到垃圾桶里。这样,既不会被捕鸟贼捡到了再用,也不会网住鱼儿。

韩漠却说:"我觉得应该把网重新张起来,然后我们躲在林子里,来一个守株待兔。"

韩漠读书成绩很差,却能想得如此周到,还用起了成语,公爵和河马对他有些刮目相看。

公爵和河马商量了一下,觉得一定要把捕鸟贼是谁查个水落石出。

他们把这当成了大事,公爵和河马临分手时,约好晚上继续寻找捕鸟贼。

暗夜里,河马不小心踢到凸起的泥块,泥块骨碌骨碌地向前面滚去。这里是暗夜里的"无人区"。他们虽然平常健步如飞，可是在这坑坑洼洼的夜路上，就不那么好走了。

公爵竖起耳朵，四周除了风声，没有任何声息。他张望了一下，暮霭弥漫的夜，没有星星；低头看脚下，也是漆黑一团，不小心绊倒了，才知道前面的路有多坎坷。

"吥吥——"公爵吐掉嘴上磕到的泥块，"小阴沟里翻船啦！"

河马忍不住扑哧一声笑出声来。

"河马，你幸灾乐祸的毛病一点没变！"

"你不是有手机嘛，可以当作手电筒照明的。"

公爵恍然大悟，"我怎么没有想到呢？"

两人打开手机上的手电筒，到林子里找了一会儿，踩着松软的泥土和腐烂的树叶，像走进了另一个世界。

公爵有些胆怯地说："待会儿手机没电了，我们这样瞎找，没准会掉进坑里。"

河马觉得公爵的话有道理，"我们还是去老地方守株待兔吧，我就不信捕鸟贼不来。"

果不其然，忽然有人声飘来。他竖起耳朵，却只听到哗哗哗的声音。

"阿嚏——"公爵忍不住打了个响亮的喷嚏。

"哈哈……"林子里传来了笑声，公爵仔细倾听，笑声又淹没在呼呼的风声里。

公爵听得毛骨悚然，想撒腿开溜，被河马使劲按住。

"阿嚏——"公爵又打了个喷嚏。忽然，传来一阵呜呜的鬼叫声，公爵仔细辨别方位，但又被呼呼的风声掩盖了。

公爵的心里被惶悚填满了，浑身直起鸡皮疙瘩。他挣脱河马的手，站起来便跑，但原本熟悉的路，像变成了魔道，有一股力把他往后拖着，他怎么也跑不快。

河马看见公爵跑了，情不自禁地发挥她跑步的特长，一下就跑得没影了。

公爵紧张至极，忽然想到了手机，打开了手机电筒，光亮把他紧紧围住了。

公爵稍稍定心，但那"鬼"似乎并不怕光亮。

"哈哈……"笑声更近更响了。

公爵睁大眼睛循声看去，只见两个人——一个黑面的，穿黑衣戴黑帽，一个白面的，穿白衣戴白帽，隐隐约约地在林子里跳跃。

难道这就是传说中的"黑白无常"吗？

"妈呀！"公爵大叫，拼命逃，一不小心跌进了蓄水潭里，幸好潭不深，又没雨水。他顾不得脚扭了，狼狈地爬起来，又继续往前跑；跑了一段，才发现前面那么黑，原来手机掉在了潭边，他又折回去找手机。

手机在潭边发着光，公爵一下就捡到了。"黑白无常"并没有走，而是在潭边跳跃着，还不时发着奇怪的声音："拿——命——来——"

公爵吓得大叫："妈呀! 救我——"

河马听见叫声,赶紧折回来。她看见"黑白无常"在跳舞。她捡起泥块,向"黑白无常"掷去。"啊呦——""黑白无常"受到袭击,一声惨叫!

怎么鬼也会惨叫?河马明白了,不停地用泥块投向"黑白无常"。

"黑白无常"反倒"哇哇"惨叫而逃。

公爵回到家里就病了。河马有点过意不去,不时用鲁迅"世上哪来的鬼"的话去安慰他,就是点不醒。面对公爵一天到晚在沙发上学"葛优躺",河马也没办法,只得另想他法。

一天,河马有点丧气地从公爵家出来,恰巧碰到了同学刘美丽。

河马伤心地向刘美丽说起了公爵碰到"黑白无常"的倒霉事,正病在家里呢。

刘美丽眼睛一亮,忽然想起了什么,就咯咯咯地笑了。

河马一脸狐疑。

刘美丽拉着河马来到她家楼下车库的窗前,说:"我老爸之前让我在网上给他买了一件黑长衫和白长衫,说要在社区表演,后来没演成,就一直搁在车库里,你看是不是那套行头。"

河马隔着窗玻璃，仔细往里瞅着，发现那挂着的黑布好像是黑色的长衣，衣袖清晰可见；黑色的长衣没有遮住整个窗户，旁边还有一竖条白布。河马把耳朵贴到窗户上，屏住呼吸听了听，听见车库里隐隐约约似有鸟叫声。

河马眼睛一亮，心里一个大大的疑团解开了——公爵碰到的"黑白无常"，很可能就是刘震元和韩漠装扮的，车库窗户后面的黑白布很可能就是他们装神弄鬼的道具。那他们不就是捕鸟贼吗？

河马越想越觉得对路，原来自己和公爵的一举一动都被韩漠监视着，难怪他们对自己和公爵的行踪了如指掌。

"你有车库的钥匙吗?"河马问。

"我老爸把钥匙一直挂在脖子上，晚上也不拿下来，骗我妈说里面有古董，马上出手大赚一笔，我才不信呢。"刘美丽撇着嘴说。

河马明白了。她没有把刘震元和韩漠捕鸟的事对刘美丽说，以免打草惊蛇。

她赶紧把在刘美丽家车库发现的情况向公爵说了。

公爵听了河马的话，心里亮堂了，病也好了一大半。

他俩万分谨慎地来到刘美丽家车库窗口侦察了一番。

公爵瞅着窗内"黑白无常"的衣服，听着若有若无的鸟叫声，心里彻底明白了，感觉自己真窝囊，真是太胆小了。

侦察后，公爵兴奋不已，恨不得马上用手机拨打110，把两人依法惩处，好好报复一下这两个阴险的"黑白无常"。

但他一说，就被河马否定了。她说："假如报警，刘震元和韩漠很可能因此坐牢，但我们考虑过他们的前途吗?"

公爵脑海里浮现出漂亮的刘美丽伤心欲绝的样子，浮现出年纪轻轻的韩漠在铁窗里的样子。他的心凉了半截，一时半会儿怎么也想不出什么良策，对河马也产生了几分敬佩。

公爵和河马原路返回公爵家。

公爵又在沙发上"葛优躺"，河马坐在边上一副恨铁不成钢的样子，腿不由自主地开始抖，抖得沙发上的公爵又像回到了教室里。

公爵不满地对河马发出警告："你能不能安静点，让我好好想想有什么办法让刘震元他们弃械投降。"

河马抖得更厉害了，大言不惭地说："我脑筋动得越多，腿就抖得越厉害;如果我腿不抖了，我的大脑也进入休眠状态了。"

"这是什么逻辑?"公爵被逼无奈，索性站起来学古人踱方步，且越走越快。

公爵在河马面前越晃越快，一刻不消停，像在练遁形术。

河马皱着眉头说："公爵，你这样晃来晃去的，我犯迷糊。"

公爵像扳回了一局，高兴地说："我动脑筋的时候，必须踱方步；我停下来，就必须'葛优躺'。"

河马白了他一眼，闭上眼睛一边冥想，一边抖腿，抖得整个房子仿佛都在晃。

公爵拿河马没有办法，走得也累了，只得停下。

河马忽然一拍大腿，睁开眼睛，兴奋地问："你家里有剪刀吗？"

"有呀！"公爵不解地说。

"你家里有打火机吗？"

"这都是什么年代了，谁家没有一个半个打火机！"公爵不知河马葫芦里卖的什么药。

"快去拿出来，我们马上行动！"

"什么，"公爵吓了一跳，"你想杀人，想毁尸灭迹？"

"这是什么跟什么呀，那我岂不比刘震元还要坏了？"

公爵想想也是，他们再坏也罪不至死，但一时也想不到这两样东西对河马有什么用处。

河马对着公爵低声咬了一阵耳朵根，终于让他如梦初醒。

立刻行动！

公爵口袋里装好打火机，河马怀揣一把剪刀，整装待发。

他们埋伏在捕鸟网的不远处，守候刘震元的到来。

但刘震元像闻到了火药味，就是不露出庐山真面目。公爵有些不耐烦了，"他们会不会不来？"

"放心，他们肯定会来！"河马显得胸有成竹。她记得刘美丽说她爸"马上出手大赚一笔"的话，预示着他们最近在加急捕鸟，随时准备出手了。

果然，在太阳落山、万鸟归巢的时候，刘震元和韩漠吹着口哨来了。他俩也埋伏在捕鸟网的不远处，等候鸟儿落网。

不一会儿，一只慌张的鸟儿果然闯进了他们的鸟网。河马心痛不已，但决定沉住气和他们斗智斗勇。

"哇，又一只大鸟！"韩漠高兴地叫着，率先跑出来去逮鸟。

河马向公爵使了个眼色，按照事先计划，开展抓捕行动！

趁着这个难得的好时机，公爵从草丛里窜出来，说时迟那时快，一把抱住看韩漠逮鸟的刘震元。

刘震元什么也没明白，忽然被人双手死死抱住。他睁大眼睛想看个究竟，这时，河马拿了剪刀向他挥来，吓得刘震元魂飞魄散，大喊："韩漠，快来救我！"

韩漠正在逮鸟，听到呼救，回过头，想看看发生了什么事。

河马迅速摸出挂在刘震元胸口的那把钥匙，将挂绳一下剪断，钥匙落入河马的手中。

河马得手后，向他们吐吐舌，挥挥手，做了个鬼脸，绝尘而去。

刘震元瞬间明白刚才发生了什么。

　　他一面使劲挣脱公爵的熊抱，一面吆喝着韩漠："快，快截住她！"

　　韩漠一看不妙，和刘震元一前一后，去追河马。

　　公爵看着河马像一头高头大马在公路上越跑越远，也把他俩越甩越远，才定下心把闯入网里的鸟儿救下来，并将捕鸟网从树上拆卸下来，把捕鸟网团成一团，用打火机将它烧了。

　　等公爵赶到刘震元家时，只看见扑簌簌的鸟儿一只只飞向天空，成群地漫舞。

　　刘震元跑回家，看着鸟儿一只只飞去，眨眼间消失在蔚蓝色的天空里。他脚一软，早已不由自主地瘫倒在地上……

　　一天，公爵和河马在跑步的时候，再次"偶遇"。公爵才想到问问河马考了什么学校。

　　没想到他们竟然考了同一所高中！

　　"什么?!"

　　公爵汗毛根根竖起，整个人像被电了一下僵直在那里，一动不动！

　　河马咧开大嘴笑，露出一口雪白的大板牙，迈开步伐，逸尘断鞅而去。公爵一个人呆在那里，满脑子只有一个大大的问号，自己是不是还会和河马同桌？

就这样长大

李备十五岁的那个暑假，他的个子一下子蹿得老高。电话里，他的哥们儿老猪总是说自己在家里昏昏大睡。后来李备明白，老猪原来是在躲他，因为老猪和小猩猩在一起，嫌他碍手碍脚的，或者怕他夺了小猩猩。老猪让李备觉得长大是一件很郁闷的事。

以前李备和老猪还有小猩猩三个人老在一起玩，黏得像麦芽糖一样，掰也掰不开。他们三个常常脚挨着脚地躺在一起午睡，很自然，谁也不觉得别扭。

在郁闷的那几天里，李备就到儿童乐园的海盗船上，忘乎所以地玩心跳出来的感觉。开船的阿姨用怪怪的眼神看他，以为李备是失恋才那么做的。这使他有点懊恼。

很无聊的李备，就一次一次地跑到老猪家楼下喊："朱董，朱董!"朱董就是老猪，现在老猪肯从阳台上探出头来的几率越来越少。于是他又到小猩猩家去喊："小猩猩出来!"

小猩猩说："你把老猪叫出来，我就跟你们去玩。"

就这样，李备喊老猪的时间越来越长："朱董，你下来!"

"有事吗? 人家正睡觉呢。"朱董突然从阳台上探出一个头，打一个哈欠，"没事儿我就进去了。"

"我有很多话跟你说。"

"什么事? 你就在下面说吧。"

"我，你，还有小猩猩，是朋友吗?"

"是啊，这个问题你问得真弱智。"

"那你们怎么老躲着我呢?"

"三个人老在一起，我觉得别扭。"朱董说，"你走吧，我要回去上网了。"说完，朱董就进去了。

怎么一下子就觉得别扭了呢? 李备愤愤地想，他们两个黏在一起怎么就觉得不别扭呢?

李备有些失落。他曾在暗中埋伏，想在老猪等小猩猩的时候突然蹿出来，跟他们一起玩。可老猪贼机灵，一下子就发现了他，于是老猪拿出手机发个短信，然后就大摇大摆地回去了。老猪跟小猩猩都有手机。现在，李备明白了一个问题：一起回到童年的希望变成了无望，还有老猪跟小猩猩除了发短信，肯定还在网上聊天。

可惜，李备家没有电脑，他也不知道他们在网上的名字。李备落寞地往家里走着，要是家里有一台电脑该多好啊！他突然觉得自己的爸爸妈妈很让他丢脸，人家的孩子什么都有，可他什么也没有。以前，李备认为自己有老猪和小猩猩两个朋友已经很满足了。可现在的情况是，老猪和小猩猩常有忙不完的事，根本无暇顾及他，而李备除了读书以外，根本没事可干。

不知不觉，李备走到了拥挤的大街上，街边的网吧随处可见，以前他绝对不会进去，可今天他毫不犹豫地进去了。李备的个子很高，他看上去已经像是一个大人了。网吧里的人真多，他一下子觉得有些兴奋和好奇。

李备试着打开了QQ。现在，他QQ号的昵称是青蛙。

"呵呵，我是青蛙咯。"李备想笑。他看看自己的QQ好友只有两三个人在线，其中有一个网名是"猪头"。李备觉得好亲切，便兴奋地"招呼"他："猪头，你好！"

"好什么呀！大白痴。"

李备有点愕然，这人怎么这样说话？李备查看了一下猪头的个人资料，是一个和自己身在同一座城市的女生，李备简直有点不敢相信这是真的。

"你是不是得了精神分裂症啊？"李备不高兴地打了过去。

"你才得了精神分裂症呢！大白痴大傻瓜大骆驼！"

李备觉得自己的这个暑假本来就够不爽的了，还有人找他吵架。他简直郁闷到家了，忍不住恨恨地敲着："你这个嫁不出去的丑八怪！恐龙妈生的小恐龙！"

"你死变态，脑膜炎，开过刀的癞蛤蟆！"对方果然气得要爆炸。

"我是青蛙，不是蛤蟆。"李备纠正她。

"你就是蛤蟆，癞蛤蟆！"

李备气得笑了，这个叫"猪头"的女生真是不可理喻。

李备正琢磨着敲一句什么话再气气猪头，没想到猪头居然发了一个笑脸给他："喂，蛤蟆，你今年几岁啊？"

李备犹豫了一下："我呀，二十了。"他觉得网络这玩意儿就是有趣，什么都可以虚构。"你呢？"李备问。

猪头没有回答，只发了一个消息："我要下了，886。"

"怎么啦？刚聊得好好的，怎么就下了呢？"李备遗憾地想。如果在生活中，他肯定不会让猪头这么快就开溜，聊尽兴了再走也不迟嘛。

"我奶奶回来了，明天这个时间段我们再聊。"猪头匆匆解释完，不见了踪影。

从网吧里出来，李备有些莫名的兴奋，又有些莫名的失落。

第二天，他提前来到网吧。等到了昨天那个时间，果然，猪头的头像亮了。

他跟猪头在网上聊得很开心。从此以后，每当郁闷的时候，他就来网吧找猪头。他们聊的话题越来越复杂，有时互相冷嘲热讽一番，有时彼此安慰说说笑话。总之，李备觉得很过瘾，猪头好像也很乐意跟他聊。

有一阵子，猪头连个招呼也不打就突然从网上消失了。这让李备的情绪毫无防备地陷入了低谷，他每天提心吊胆地等待着猪头的闪现。当"凶巴巴"的猪头再次跳动时，李备没想到她的风格来了个一百八十度大转弯，两人在QQ上语音聊天时，猪头突然无法自已地哭起来。

在李备的一再追问下，猪头才告诉他，她失恋了！

"没关系，天涯何处无芳草！"李备安慰猪头，他心里甚至还有一丝丝一点点幸灾乐祸的感觉，这让他自己也感到奇怪。

"我要去当三年级小学生的老师了！"猪头又哭。

"什么?!"

这可着实把李备吓了一大跳。与自己胡吹八侃的对象竟然是一个马上就要成为小学老师的女生！李备实在无法接受这个"噩耗"。

"这个世界太不公平了！竞聘的时候，我们班一个成绩很差的同学，因为家里有关系就有了正式编制，而我，一个优秀的毕业生却成了临时老师。我真是恨透了这个世界！"猪头哭得泪水四溅。

见猪头哭得伤心，李备不知怎样安慰她才好："你没有把这件事告诉爸爸妈妈吗?"

提到爸爸妈妈，猪头更难过了:"我爸妈早就离婚了，谁都不愿意要我，我跟奶奶住在一起。"

"哦，"李备没想到竟然是这样的结果，"那……你奶奶没有什么办法吗?"李备不由得擦了一下鼻子，发过去一个痛哭流涕的表情。

"你哭了，你为什么哭? 你在可怜我?!"猪头又变回原来的模样，凶巴巴地问。

"我才不哭呢，你奶奶那么爱你，你在奶奶家里还可以上网，可我家里什么都没有，你比我幸运多了，我才不为你哭呢。"李备打着字，觉得自己的鼻子酸酸的。

"傻瓜! 如果把你换成我，你就懂了，有爱自己的爸爸妈妈在身边才是最幸运的!"猪头说完停止了语音聊天，在写字板上发来一个可怜巴巴的笑脸，下线了。

李备愣住了，他还是第一次想到这个问题。很久没有被感动过的李备，感动得一塌糊涂。

知道猪头是老师后，李备的心里有点发虚，再上网就有点束手束脚的，一点幽默感也没有了。两个人在QQ上时而语音聊天，时而就在写字板上发信息，李备沉默了一会儿，猪头忍不住敲过来:"你是大青蛙吗?"

"你没听清我的声音吗?"

"听着有点像，不过也不像。"

"呵呵。"李备乐了，有这么回答问题的吗？莫名其妙。

"猪……老师，怎么我看来看去都觉得你不像一个老师呢？"

"那像啥呀？"

"像我们班上的女同学。"

"放屁！"

"怎么啦？"

"你说我长得老呀！"

哦，李备差点忘了跟她说过自己已经二十了！对呀，我已经二十岁啦，我干吗要难为情？干吗要怕老师呢？何况她只不过是一个还没走马上任的小学老师，更何况又是在网上，不一定会见面的。想到这儿，李备突然产生了一个念头："我要问问她自己最近遇到的麻烦，不知她是否明白问题出在哪儿。"

"猪头，我有一个女同桌。"

"她怎么啦？"

"她叫小猩猩。"

"你怎么给女生取这样的外号，一点儿也不尊重女性！"

"她很乐意我这样叫她，因为小猩猩听起来跟小心心一样亲切。"

"真恶心！一点儿新意也没有。"

　　李备也不跟她计较，只是想让她帮自己解开一个心结，也许谈过恋爱的猪头能回答这个问题："我，老猪，还有小猩猩，是那种从小一起长大的朋友。以前，小猩猩总喜欢缠着我，在教室里整天跟我画'三八线'，放学回到家还老来找我。可现在不知道为什么，她总去找老猪玩，不再理我了。我去找他们，他们还躲着我，没意思透顶了。我不明白，怎么忽然之间，他们就把我当臭狗屎了呢？真是想不通！"

　　"想不通就不想，这是最简单的办法。你越是死缠烂打，人家就越反感。没几天就开学了，再见到小猩猩和老猪，就对他们微笑吧！"

　　李备不相信猪头的话，觉得猪头的话有问题，甚至猪头的大脑也出了问题。不过，对小猩猩微笑倒不是什么难事，下学期他不用跟她说话，只要对她微笑就够了。

　　"大青蛙，不要因为家里什么都没有而自卑，没有人看不起你，真的！"猪头认真地说。

　　猪头就要去学校上任了，尽管只是个临时老师。她做梦都想当个好老师。她需要庆祝一下，可是除了奶奶，猪头没有朋友，她想到了青蛙。

　　猪头给李备发了一个请柬：

　　　　大青蛙，你好，谢谢你帮我度过了这个最难熬

的夏天！后天我就要去学校上任了，希望你能陪我
看一场电影，这是我学生时代的最后一个暑假了。
明天下午一点半，光明影剧院门口见。

"好，不见不散！"李备痛快地答应了。

第二天吃完午饭，李备打碎了储蓄罐，提着一兜子硬币
要跟妈妈换一些大钱。

"你换大钱干什么用啊？"妈妈狐疑地看着李备。

李备支吾了半天也没有说出个所以然，他当然不能说要
跟一个女生约会看电影。

老妈白了他一眼，"还是把钱存起来吧，等满了一百
元，妈帮你打到卡上。"

李备知道，再跟妈妈多说也是白费口舌。他在鼻梁上架
了一副太阳眼镜，偷偷拎着一塑料袋硬币出门了。

一个短发姑娘，正站在电影院门口东张西望，李备猜
测，八成她就是猪头了！

"你是……猪头吧？"

"你是青蛙？还戴一副墨镜，哈哈，真有点像青蛙！"猪
头的眼睛很智慧地审视着李备。

李备有些忐忑不安，一时竟不知道跟猪头怎么说话了。
他和小猩猩东拉西扯的时候，从来没觉得什么障碍，可今天
这是怎么了？

李备红着脸从塑料袋里抓出一大把硬币，闷头数了起来，十元一摞，柜台上很快垒起了一个个小银柱。猪头犹豫着说："要不……我来请你吧？"

"不！"李备头也不抬，一口拒绝了。

猪头就埋下头去跟他一起数硬币，李备看不到猪头的表情，只是觉得身边的这个女孩一下子变得那么亲切。

他们看的是电影《加菲猫》，滑稽幽默的肥猫让他们笑得眼泪都出来了。在快乐的笑声里，李备觉得所有的烦恼都一扫而光。他想，猪头也肯定和他一样。

分别的时候，猪头再一次上上下下打量着李备。

李备的脸又红了，"你想说什么？"他知道猪头是一个聪明的女孩子，一定看穿了他的底儿。

猪头笑了，"等我第一次发了工资，就请你吃肯德基。"

李备腼腆地点了点头。看来，猪头还是把自己当朋友的，朋友是不分年龄的。

"这个暑假我很快乐，大青蛙你快乐吗？"猪头乐呵呵地问。

"我也是。"李备由衷地说。他真的觉得整个夏天都很充实。

李备和猪头谁也没有问一声对方的姓名，对方也没有问他的真实年龄，也许这些对他们来说并不重要。

李备快乐地往家里走着，心里想，我有事也可以不找朱董说了。为什么有事都要跟朱董说呢？我可以有更多的朋友。是的，有更多的朋友，比如现在的猪头。

不是吗？

『四人帮』背后的故事

头皮发疼、头脑发胀，大脑一片空白。班主任张向阳瞪着我和姜莺莺，"你们在做什么？混账！"

姜莺莺低头抽泣。她头发凌乱，我知道我的头发也一定乱如杂草。

不知怎的，我会和姜莺莺干仗。平常我最看不惯村里那些撒泼骂街的妇女，今天，我却比她们还要下三烂。

中午，我与小蒙、幻柏三人告别，在上卫生间时，迎面碰上了姜莺莺。姜莺莺与我擦肩而过时在我的脚边吐了一口痰。

我没在意。从厕所出来，就听见她在同另外两个女同学嘀咕："不要脸，和男生一起，鬼鬼祟祟的。"引得那两个女同学窃笑。

我明白了，姜莺莺话中有话。原来她在说我和小蒙、幻柏他们呢。

"你说什么呢?"我禁不住问。

"我说什么了?"姜莺莺不甘示弱。

"你嘴巴干净点!"

"臭不要脸的,我嘴巴怎么不干净了?"

曾经的同桌,却一点情分也不讲。

我知道姜莺莺最近心里别扭,幻柏他们冷落了她,可她也不能把气撒到我头上呀。于是,我忍不住推了她一下,"你放尊重点儿,好不好!"

"你竟敢打我!乡巴佬!"姜莺莺突然抬手一把抓住了我的头发。

我条件反射,也反过来一把抓住她的头发。就这样,我们两人干上了。

大家以为我俩是为情而干仗,但我敢保证,绝不是这样。

事情要从我进这所学校说起。我和小蒙原是真山农村中学的,前不久转学来到浒墅关镇中学。到校第一天,张向阳老师把我们领进教室。

"她叫慈喜,他叫小蒙,是我们班新来的同学。"张向阳指着我俩向全班同学做介绍。

"慈禧?还太后呢!两个乡巴佬……"一个长相酷似谢霆锋的男生,架着一副眼镜,瓮声瓮气地取笑着。

"哗——"一阵哄堂大笑。

晕！被他这么一说，我的脸涨得通红。

张向阳老师也笑了，但随即说道："幻柏，严肃点儿，别这样！"接着又对着大家，"别笑了，大家认识了，今后互相罩着点儿。"说完，他为我俩安排座位，我和姜莺莺同桌，小蒙和潘海同桌。姜莺莺长得娇小，一看就知道是个吃奶油长大的江南姑娘，水嫩水嫩的，而潘海则长得五大三粗，是班里的制高点。

我和小蒙在班上属于不起眼的一类，学习成绩平平，长相嘛……肤色黝黑，十足的乡下孩子。

一进这个班，我就觉得和同学们有隔阂，对他们，我也没兴趣。姜莺莺平时叽叽喳喳，但从不主动和我说话。

这所学校没什么特别，但那座已废弃的校办厂却引人注目。它有着高高的烟囱、幽深的厂房，还贴上了"禁止学生擅自进入"的封条。人嘛，就是这样，越不许去，越想去探个究竟。所以平时，同学们常常溜进去玩，好奇心嘛。他们在私底下议论，说厂房中可能存有宝贝，上届有个男生在那儿捡到一个明朝的瓷盆，不知是真是假。

我和小蒙也常常偷偷进去，除了贴封条、上锁的那间仓库，其他地方都去了个遍，也梦想着能捡到一些宝贝。可惜幻柏的一次经历，让我们的幻想就此破灭。

那天，幻柏急急巴巴地对我们说："说出来，你……你们可能不信，我……我在校办厂贴封条的仓库里看见了鬼影子！真的，不骗人的。"

"不会吧！"

"真的，我可……可……可以以祖宗的名义向你们发誓！"

不知他是被吓着了，还是肆意渲染着恐怖气氛，"听众们"都有些诧异，旧厂房内居然有鬼出现，大家眼前仿佛真的浮现出晃动的鬼影了。

幻柏经常收看央视的《探索·发现》栏目。幻柏虽然成绩不怎么样，但外表很酷，加上言语幽默，常常有一群男女同学追随着他。我和小蒙也想跟着他，他虽不嫌弃我们，但却喜欢取笑我们；姜莺莺和潘海也跟随幻柏，他们对我和小蒙也有些不屑。我和小蒙不想自讨没趣，便渐渐远离了他们。

但一见到即将突破一米八的潘海屁颠屁颠地跟在幻柏屁股后面跑，我就想笑，总觉得潘海四肢发达，头脑简单。

后来，我和小蒙向张老师提出要调换座位坐在一起。张老师见我俩安分守己，便笑着征得姜莺莺和潘海的同意，给我们换了座位。于是，我和小蒙立马成了班内的焦点。幸好被老师的一句"上课"给平息了。事后，张老师找我谈了一次话，大意是我和小蒙不许谈恋爱。我自然爽快地向他作了保证。

我想，我俩既然与同学们有了隔阂，看来也难以融入这个集体了。于是，我和小蒙不再寄宿在学校，而是每天骑着自行车上下学。我们的家在山区，路很难走，但这条路却见证了我俩真挚的友谊。上学或回家的路上，我们常常嘻嘻哈哈，有时我的脚会搭在小蒙自行车的后座上，让小蒙带着我的自行车前进。路过制作陶瓷的高岭土公司门口时，常会惹得员工们一阵嘲笑，说我们小小年纪就不学好，谈恋爱，有时还向我俩吹口哨。我不管，有时我故意把手搭在小蒙肩上，有意气他们。

这天，我们经过真山的时候，碰到了看守吴王陵的老李。老李年事已高，是我们村的五保户，没结过婚，为人和善，常年在村里做事。当年真山发现吴国大墓后，村里便派他看守。因他人好，全村都喜欢和他打趣。

"老李，你一个人看门，夜里不害怕呀？"小蒙和老李打趣。

老李笑着说："害怕个啥？眼睛一闭就睡过去了，眼睛一睁就是一天呀。"

"老李，你天天这么高兴，我们想进你的房间看看，看里面是否藏了个宝贝陪着你？"

"哈哈……你个小鬼，这是什么闲话。真山人谁不知道我呀，否则村委怎么会派我来看真山门呢？"

采矿二厂在真山开山采石时，发现了古墓群。考古组获悉后对真山地区进行了全面的考古调查，发现山上共有五十七座山土墩。国家文物局、上海博物馆、南京博物馆的专家学者考察后，一致认为这里为春秋时期墓葬地，且是吴国王陵区。于是在真山进行了保护性挖掘，一万多件充满两千多年王者气息的文物的出土，使得真山名声大噪，也使它再次受到江南乃至全国的瞩目。据说，最令人兴奋的是挖出了吴王寿梦及战国春申君墓。真山村委按照上级的指示，把山围了起来，开辟成一个旅游景点，老李顺理成章地成了这个景点的唯一一个管理员。

冬日，斜阳映着真山这座几十米高的丘陵，我们沿着蜿蜒的墓地之路拾级而上。路面渐渐宽了，路两边都是整整齐齐的石块。老李说我们正踩在春申君墓的墓道上呢！他说："当年春申君的棺木就是经过这里放入墓中的。"其实，经过多次开山爆破，春申君墓早已面目全非。我知道，这些山石都是运往高岭土公司的，要不是开采这些山石，也许吴王陵墓会永远被埋在地下，成为一个永恒的谜。

"老李，下次有人来开采墓地，能不能告诉我们一下？"我问。

"怎么，你们也对文物感兴趣？"老李笑着问，又说，"我和苏州博物馆的张副馆长关系可不一般，他十天半月就会跟我通一次电话。他去哪里、挖到了什么宝贝都会和我说。"

"啊？太好了，如果他们下次到什么地方挖宝，让他带我们去开开眼界吧!"

"没问题!"

夕阳西下,衰草在寒风里轻轻抖动,我和小蒙不禁打了个寒战。小时候我常爬这座小山,从没感觉它阴森,现在发现了墓地,味道就不一样了。

下山时,我们全没了兴奋,被老李看透后他便反唇相讥:"你们就不怕挖到女尸?"

"女尸只与你钻石王老五有缘呀。"到了山下,小蒙耍起了贫嘴。

一次作文,我和小蒙同时写到了真山,写到了老李。张老师在课上居然读起了我们的作文,还做了评析。同学们听了都很感兴趣。但我知道,同学们感兴趣的并不是我们的文章,而是真山挖出的宝贝。课后,幻柏和同学们迫不及待地向我们打听,班级里的气氛也随之活跃起来。

张老师看大家喜欢,便组织了一次去真山环保游活动。幻柏扛着有着环保标志的大旗骑着自行车一路向西,惹来路人好奇的眼光。幻柏开心极了。潘海则梦想此行能捡到什么宝贝,哪怕是吴国时代的一块碎瓷片。

老李知道了活动的来由,便爽快地给我们放行。我和小蒙自然成了此次活动的向导。大家都对央视的《探索·发现》栏目很痴迷。尽管我们把掌握的所有信息都说了,但潘海仍不肯离去,拿出钥匙扣上的小刀说要在这里挖宝贝。

姜莺莺嬉笑着说："潘海，你真是想钱想疯了！"

幻柏站在边上看。自从上次遇见鬼之后，他就对挖宝没太大的兴趣了，再也看不见他单独去那个废弃的旧厂房了。

老李笑着阻止："难道你也想做盗墓贼？现在哪儿还会有宝贝，即使有，真挖到了，还不是要交公。"

潘海仍是不到黄河心不死，硬是拉着幻柏，撇下我们去偏僻处寻宝，最后各捡了一块碎青砖才作罢。

回校途中，幻柏提议，让我给《探索·发现》栏目组写封信，叫他们来考察真山的吴王墓。

寒假里，我真的给《探索·发现》栏目组写了信。

一天早上，老李告诉我，张馆长在相城区黄泥村又发现了古墓，正在那里考古。

老李果然言而有信，把消息告诉了我。

"我们能去吗？"我将信将疑。

"当然能去，我和他说好了。"老李拍着胸脯说。

吃过午饭，我们转了几次车，终于到达了那里。我们心里没底，不知张馆长是否真的会接待我们。我们一到现场，只见四周早已被围了起来。围栏边有民警值守，但在知道我们的来意后，他们立刻就放行了。

冬天的寒风呼呼地吹。从外表上看，眼前的这个土墩很平常，高不过两三米，上面长满荒草、杂树，这样的土墩，难道能挖出宝贝？不一会儿，一个正在墓中挖掘的胖乎乎的大汉朝我们招了招手。我和小蒙大喜，钻进围栏，奔向墓地，心怦怦直跳，兴奋极了，我断定此人就是张馆长。我多得意啊，假如幻柏知道了会有多羡慕呢！

张馆长眯着眼问："莫不是你们小小年纪就喜欢上了考古？"

小蒙说："是，我们常看央视的《探索·发现》栏目，早就喜欢上考古了。"

张馆长笑了，让工作人员给我们每人发了双手套，让我们观看他挖掘。张馆长告诉我们，这是一个从汉至清代的家族安葬墓地。昨天挖出的汉墓位于高坟墩较中心的部位，就在不远处。我们顺着他所指方向看去，看见两个形状呈正方形的"水池"，上面已经结上了厚厚的冰。

我和小蒙站了一会儿就觉得身体要冻僵了，不时跺脚取暖。我终于忍不住说："张馆长，让我们也来挖挖。"

张馆长给了我们一人一个尖头的小铲子，吩咐道："你们先在外围挖挖吧，挖到硬的东西用力不能大，陶呀罐呀什么的，经不起大力。"

"放心吧，张馆长，我们知道了。"我俩小心翼翼地挖起来，张馆长不时回头看我们，以防我们挖坏文物。

尽管天气很冷，但这些考古学家却兴致勃勃，说的都是行话，我们听了似懂非懂，只好边听边挖土。寒冷早已被兴致抹去，我们越干越有劲。

没想到奇迹出现了！我们挖的外围的黄色的泥土中居然夹杂着一些黑色。

"慢点儿！慢点儿！"张馆长兴奋地大声吆喝。

不一会儿，我们隐约发现泥土里有墓葬品，这时，张馆长叫我们停下，给了我们两把刷子待命。此时，工作人员居然又挖到了一个奇怪的墓，墓坑的一头摆着两个陶壶、一个陶罐，另一头有一面小小的已锈绿的铜镜，而中间的一些已经粘连在一起的古铜钱，上面也锈迹斑斑。张馆长让我们用刷子清理陶罐身上的泥土。开棺木的时候，我们既激动又有些害怕。激动的是，里面可能还有宝贝，害怕的是开棺意味着要面对一堆令人毛骨悚然的尸骨，或者是一具僵尸什么的，我的大脑里不时跳出电影里有关僵尸的情节，手脚也跟着发抖。

张馆长他们戴上口罩，叫我和小蒙离开这里。

在这关键的时刻，我俩虽然吓得有些失常，但被张馆长一赶，我们反倒豪情万丈。我说："张馆长，我们保证不拿棺木里的一针一线，您就放心让我们在现场观摩吧。"

张馆长眉毛一挑，大声吼道："让你们走就走，不服从，下次就别来！"

我俩尴尬地互相吐吐舌头，无奈地站到远处。

后来才知道张馆长是怕我们染上尸毒，才让我们离得远远的。这是一个汉代的墓葬，墓主应该是一位不太富裕的普通百姓，里面只有一些鼻塞、耳塞以及蝉形口含等玉器。临走，张馆长笑着向我们介绍说："如果是重要墓葬，我也不敢告诉老李，更不敢让你们来观看古墓。干我们这一行，口风紧是很重要的，在没有挖掘完这个墓葬群之前，你们也不要跟别人说，包括家里人。"

我们连连向张馆长保证一定做好保密工作，并请求他同意我们明天再来。

张馆长笑着答应了。

可第二天早上，老李来告诉我，说张馆长昨夜值守时，在抓捕盗墓贼过程中，腿上吃了一棍子，现在在医院，叫我们不要到挖掘现场去了，以后有机会再通知我俩。

我们没有想到考古也会有这么多危险。

过完春节，学校开学了。张向阳让我们写篇题为《寒假趣事》的作文，大多数同学写的出游、过节和走亲戚之类的事情，我和小蒙却不约而同写了墓地考古。幻柏和潘海果然羡慕不已，不停地向我们询问汉墓结构和挖到的宝贝，惹得姜莺莺好像打翻了醋坛子，她再也不想跟潘海同桌了。潘海倒好，征得幻柏同意，两人坐到了一起，讨论起阅读《盗墓笔记》的心得。姜莺莺没想到潘海这么绝情，狠狠在他屁股上端了一脚。潘海也不恼，拍拍屁股上的脚印呵呵笑了几下了事。

幻柏和潘海已经走火入魔了，他俩开始放下姿态邀约我们一起去寻找古墓，以便请张馆长来考古。

我们答应了。

幻柏大喜，等不到天气暖和，便邀请我们开始寻宝之旅。春天的江南就是雨水多。每个周末都是雨水连连。我们的冒雨寻宝之路开始了。

那段山路，原本是军用公路，自行车行驶在上面发出"咔咔"的声音，像打滑一样。这条路，因为交通不算便利，周围没有一家店，没人肯来这个偏僻的地方冒险投资。雨天的傍晚，来往的车子就更少了，一些长年没人管理的灌木，显得特别阴森。我们知道有古墓的地方一般都比较阴森。

那个雨天，风很大，不知骑了多远的路，我们四个人终于骑不动了，慌忙去寻找躲雨的地方。幻柏找到了一个山洞，洞里很暗，他用捡到的枯枝率先拨开杂草钻进去。突然，洞里蹿出只野兔，吓了他一大跳。外面雨雾迷蒙，更显得洞里一片阴森。幻柏忽然魂飞魄散地逃出来。不幸的是，他一不小心掉入了洞旁的陷阱，又一只野兔蹿到他身上，他更害怕了，差点儿晕死过去。

幻柏终于从陷阱中爬了出来，惊魂未定，和我们一起钻进了洞穴。我们捡了不少枯枝，在山洞里燃起火堆。潘海唾沫横飞地说着《盗墓笔记》里的故事。幻柏一声不吭，一点儿也不上心，只是呆呆地烤着火。

我和小蒙忍不住哈哈大笑，我们不就像小小的盗墓贼吗？

众里寻他千百度，蓦然回首……正当我们准备打道回府时，突然在山坳间发现了一个高墩墓，它阴森森地耸立在那里。

一切真的太突然了！

我们愣在那里，谁也不敢挥动第一锹。最后我们通过石头剪子布决定，由幻柏先挖。他沉默了很久才鼓起勇气挥起铁锹，不想一锹下去，从泥土里掘出了几根死人骨头。幻柏"妈呀"一声，铁锹也扔了，吓得落荒而逃。潘海则果断抓起铁锹，他怎么也想不通，曾经敢说敢做的幻柏怎么变得如此胆小。

回家后，幻柏得了伤寒，我们都患了轻重不一的感冒，后怕得不得了，考古的事就这样不了了之了。

接近夏天的时候，《探索·发现》栏目组给我回了封信，大意是，这座墓是否就是吴王墓还没有定论，还得商榷，不过他们准备到虎丘剑池进行考古，到时将邀请我一起参加。

我欣喜如狂。

不久，《探索·发现》栏目组果然让我参加了他们的拍摄工作，我又碰到了张馆长，他的腿已无大碍。他高兴地和我击掌祝贺，说没想到我真成了小小考古家。

我说："其实我周边还有很多考古爱好者，他们都痴迷于《探索·发现》栏目呢。"

栏目组工作人员听了高兴地和张馆长商量，决定让小蒙、幻柏和潘海也一起参与拍摄和挖掘。整档节目拍完后，摄制人员还建议我们将来考考古系深造。

这次虎丘剑池的探索发现活动，让我们一下子成了小明星，幻柏和潘海很感激我和小蒙。从此我们四个人成了学校里的"四人帮"，姜莺莺再也插不进我们的圈子了。不过她似乎也并不稀罕，但成绩却大幅度下滑。她开始有意识地和我作对，我总是学潘海大度地一笑了之。

我们四个人一开始成绩都不怎么好，有了目标后，成绩便开始直线上升。我们常钻进废弃的旧厂房去看书。

一次，潘海笑着说起旧厂房里有鬼影子的事，并大方地承认那个鬼影子其实就是他。

"啊，你这个臭小子，吓得我这一年一直噩梦缠身，我说呢，这世上哪来的鬼，原来是你这个鬼在作怪。"原来，幻柏的胆子竟然是被潘海吓小的。

俗话说，鬼吓人吓不死，人吓人吓死人。世上本无鬼。幻柏后悔不已，假如当初像鲁迅踢鬼那样去踢他一脚该多过瘾！

没想到这样一闹，我和姜莺莺的历史就改写了。真是活见鬼！

雪的承诺

　　在这个繁星点点的夜里，我们班的学生倾巢出动来到操场，神情庄重地围成一个"心"字，像做弥撒一样点亮手持的蜡烛，在星光下默默地祈祷……

　　白天里的最后一堂课，班主任林老师站在讲台上，一直满面春风地傻笑着。记得高一那年，校长一直批评我们班自由散漫，像是一首最浪漫的歌。校长在大会、小会上总结自己教了几十年书，称他的眼光绝对不会错。后来，新分配来的林老师当了我们的班主任，他自然就成了其他老师的替罪羊。但是这学期的期中考试，我们班不仅洗刷了年级倒数第一的耻辱，还幸运地荣登榜首。

　　校长不相信我们的变化，期末前一个月又进行了一次亲自监考的摸底测验，依然是第一名。这一次，他才彻底无言以对。

讲台上的林老师乐得像弥勒佛，嘴巴合不上，眼睛笑得眯成了一条缝。

紫青笑嘻嘻地回头对着露露挤眉弄眼，说："林老师傻了！"两个人都是高一下半学期转学到我们学校的，正是由于她们的加盟，这个以浪漫著称的班级变得更加生动起来。

"可不是嘛！"后排的"厚皮鬼"老亚接腔道。

"谁问你啦？瞧你那奴才相，鬼才搭理你。"紫青用书砸了他一下。

老亚碰了一鼻子灰，大家都幸灾乐祸地发着怪叫。老亚不服气，"这有什么？不就一声骂嘛，打是亲，骂是什么来着？"

"恨！"男生们异口同声地唱反调。

"这是上课时间，别吵了！"班长看了看林老师，红着脸说。他不会讨女孩子高兴，只会暗地里发一点儿小威，可效果一点儿没有，底下照样一片打情骂俏的说笑。林老师朝班长摆摆手，让剧情继续发展。

老亚有时还真有点幽默，露露说："小亚子——"

"喳——不知娘娘有何吩咐奴才？"

"帮我捶捶背。"

"喳！"老亚的手伸了过去。

"去，鬼才搭理你呢。"露露用书把他的手打开了。老亚上当了，其实紫青和露露都在骂他。我和纯子被逗得眼泪都笑出来了，谁叫他脸皮那么厚呢，活该！

老亚狼狈至极，但面对着两个北方美女，还是一副不到黄河心不死的架势。可露露一点也不领情，对着讲台上的林老师抛了一个媚眼。林老师笑了。

纯子看见了，立马说："哟，放电了。"

露露才不怕呢，她大方地说："怎么样，Mr.林，今天去喝下午茶？紫青、纯子、泥土，还有班长。是吧，班长？！"露露知道紫青背地里喜欢班长，就帮她一起叫上了。尽管露露的父母在闹离婚，她照样跟我们开开心心地玩在一起。还有紫青因为我们，也死赖在苏州，竟然不肯去美国读书。

"林老师去，我肯定没问题。"在同学们的叫声中，班长的脸上洋溢着兴奋和羞涩，整个胖乎乎的脸蛋变得红通通的。

林老师还是一副笑眯眯、高深莫测的样子，问："纯子去吗？"

"去——"

"泥土呢？"

"当然去。"我第一次这么肯定地说。

"好吧，不过要等到下雪，下雪的冬天才浪漫。什么时候下雪了，我请你们喝下午茶，加上我全班的兄弟姐妹们，好不好？！"

"好——"同学们异口同声地说。

林老师的这个许诺，让我们班进行了这场别开生面的许愿：星光下，每个人手持一支蜡烛，围成一个大大的心的形状，神情肃穆地许着同一个愿望——快下雪吧，让我们和林老师一起去喝下午茶。我们手里的蜡烛已慢慢燃尽，可是，天晓得今年的冬天会不会来一场浪漫的雪呢？

事后，露露常常神经过敏地问我："泥土，昨晚你看见下雪了吗？"半夜里，她的睡梦中偶尔飘过的雪花，总让她以为是现实生活里飘的雪。

"没有，"我不无遗憾地说，"雪下了，就可以跟林老师喝下午茶了，可我好几年没见到江南的雪了。"说完，在一旁的所有苏州女生都陷入了想雪想疯了的沉默。

北京转学来的紫青看了这番情景，特意评价起曹雪芹为什么会独独钟情于苏州的林黛玉。她说，因为曹雪芹来苏州的时候，他很喜欢苏南的女孩——她们古典又乖巧，多愁又善感。紫青的评价，让班级里的苏州女生开心了一整天。

大家围在一处热热闹闹地议论着林黛玉，露露却静坐在一旁，做出万事与她无关状。不一会儿，露露又发痴了，她跑到走廊上对着冬日的太阳祈祷："来一场让我回味一生的雪吧。"

　　老亚听见了露露的呼声，不知从哪个角落里冒了出来，立刻应和道："是呀，雪下了，我们就可以和潇洒的林老师一起'HAPPY'了！"

　　紫青笑着说："厚皮鬼你是什么时候变成鹦鹉的，学得倒还挺快的。"刚才老亚没吭声，敢情一直在暗地里听着我们说话。

　　我、纯子、紫青和露露四姐妹在一起的时候，谈得最多的就是牛皮糖一样的老亚。

　　这个周末，纯子赖在家里没有出来，我们三姐妹在学校后面树林里的一片空地上一边快乐地放风筝，一边说着牛皮糖一样的老亚。

　　原本老亚在班里属于破罐子型的角色。露露和紫青来后，老亚一下子就想要出人头地地表现一下自己，无奈他学习功底太浅，成了大家的笑柄。但林老师照样器重他。以前，老亚上课睡觉是家常便饭，但现在总是精神头十足，发言比谁都积极，好像怕被别人抢在前面，或者怕露露和紫青听不见似的，总是放开嗓门大喊。不到半个学期，老亚终于不负众望，成为班级里进步最快的学生——露露和紫青功不可没。

　　露露和紫青说起老亚就特有成就感。

　　紫青突发奇想地说："老亚如同这风筝，永远被我们捏在手心里。"

露露听了发出咯咯狂笑……

紫青为自己想出的这个独到的比喻，也发出了令人毛骨悚然的怪笑。

跑累了，我就坐在长亭里独自歇息。露露和紫青没有在意，她们还在乐此不疲地奔跑着，希望风能来得大点，再大点，直到把风筝送到无际的苍穹……

冬天是一个藏得住故事的季节，每一片落叶都有可能是一个与风有关的故事。

风轻轻地吹拂着我披肩的长发，也吹拂着我心头起伏的思绪。高一开学时，我背着书包从乡下来到城里，好奇和胆怯围绕着我。尽管我的父亲也算有点小钱，我在乡下的学校里也算是知识比较丰富的，可是来到城里后，我还是感觉"头发长，见识短"。也许是缘分，报到那天，纯子和我坐在同一张饭桌上，面对着实在不合口味的菜肴，两个人都满腹牢骚。我们俩一说班级，才知是同班同学。纯子是正宗的苏州城里人，对吃分外讲究。我们很快成了买"外饭"的常客，几乎吃遍了苏州的每个小馆子、大馆子。

那天，纯子和我在观前街吃肯德基时，望着繁华的大街，自言自语地说："苏州的经济发展得真是快，很多有能力的家长都跑到这儿了，就连老外也不甘落伍，真是不可思议！"

　　真应了她的话，上半学期的期末考试结束后，我班就转来了哈尔滨的露露，而且很快跟我们成为死党，接着紫青也来了。这两位北方同学都是因为爸爸工作的关系转来苏州读书的。两人被老亚称为"异地风情的玫瑰"。

　　在这所重点高中里，四个好吃的女生便义结金兰。

　　人多了，除了不好吃的就什么都想吃。尽管我们苏州不算太大，但随着"中国·新加坡苏州工业园区"的开发，国外的高新技术项目纷纷落户到这里，海外的气息早已随处可见。周末，只要心血来潮，我们就会去喝AA制的下午茶，去吃韩国泡菜、日本料理。看上去我们对学业实在没有兴趣，而上帝却很不公平地把"学优"的桂冠戴在我们头上。

　　在暖洋洋的太阳下，听着露露和紫青一惊一乍的笑骂声，我的思绪飞得更远……

　　初中的时候，我曾暗恋过一个留长发的男生，听说他现在读的是中专。有些缠绵的相思，就像永不枯竭的源泉，即使早已失去联络，偶尔想起，还是会产生一种隐隐心痛的感觉。俗话说，得不到的东西永远是最好的，就像落叶脱离了树的怀抱，落叶给人的诗意、相思、伤感就会一点点化作永恒。"零落成泥碾作尘，只有香如故。"这句话同样适用于落叶。

现在落叶早已被风刮去，早已被泥掩埋，它义无反顾地踏着季节的步伐去完成自己的使命。学校里的男生背地里说我们四个女生正好代表了一年四个季节。露露是狂热的夏天，紫青属于奔放的秋天，纯子代表蓬勃的春天，我正好属于这个季节。我们大笑着默认了。是的，我很喜欢冬天，也许是大雪天出生的缘故，我对雪对冬天总是情有独钟。

即将告别冬天走向春天的时节，还是没有下一场属于江南的雪。我抬头看了看深蓝色的天空中悬挂的太阳，暗暗地想，也许今年又是一个没有雪的冬天……

这时，露露和紫青那里传来一阵尖叫，我如诗的思绪立刻被切割得支离破碎。

"你怎么不想想我的感受呀?!"露露责问紫青。她们在大声争吵着，也不管风筝了，任其在风中飘荡。

露露在大发了一通火之后，发现风筝要掉下来了，才生气地拉着风筝越奔越远，风筝也越飞越高。等我走过去，紫青笑着对她的背影大声说："神经，我答应替你保密还不成?!"

她们在说什么？有什么秘密在瞒着我和纯子呢？如果纯子知道，她会怎么想？她还会睡在躺椅上晒太阳、喝咖啡，闭着眼睛听CD？还有心思在网上与一个叫"毛毛虫"的男生打得火热？纯子很喜欢"毛毛虫"，他的深沉和偶尔流露出的幽默，成为她心中一道休闲的点心。露露喜欢年轻的林老师，紫青喜欢我们的班长——那个谁都可以欺负的男生。三个人只有我是住宿生，只有我是离开自己的父母在独自生活，也只有我是孤独的。只要她们不在我身边，那种孤独感就无来由地来了。

初中时无人与我争锋的自豪，随着环境的变迁早已烟消云散。

露露说，青春的时候，没有男生的天空再美也是暗淡的；你看那花，如果没有人欣赏，还不是开得一样失败？

现在，我对男生已经没有任何感觉，我只对纯子有点点的依恋，就像小时候对一颗糖的依恋。我在乎她的喜怒哀乐，就像在乎我自己的感情。

天色渐渐暗淡，像披了一层灰蒙蒙的轻纱，整片林子骤然阴冷起来。纷繁的思绪，让我又想到了 Mr.林，他在这个时候会干些什么呢？泡一杯清茶，默默地批改着我们的作业吗？

夜自修的时候，老亚缠着问我要露露的手机号码。我没给他，说她换号了，有本事自己问她要去。老亚跟我打赌说，保准在这学期告诉我露露的号码。

夜自修结束后，我关掉手机，想起《难兄难弟之神探李奇》里李奇一句拖拖拉拉的滑稽台词："天——寒——地——冻，早——点——睡——觉，脱——鞋，盖——被。"我换上睡衣，打了个激灵，赶紧缩进被窝，我的大脑里闪动着一个个英文单词，记不清了就用手电筒在被窝里照一下书本瞄一眼。我不知道别的女生是怎样用功的，偷偷摸摸地认真？还是记忆力特别强？宿舍里，女生们海阔天空的"每夜一谈"我是不参与的，我宁愿第二天一整天出去疯玩。

说话的声音小了。宿舍里慢慢静了下来，窗外刮起了大风。可乐罐子在外面的水泥地上来回滚动的声音真是扰人清梦。我索性回想一下白天老师要我们重点记住的东西。高二毕竟是高二。尽管父母极力安慰我，考不上大学，就出钱让我读大学，但我不想，考不上大学就去上班！我这样要求自己。

星期天的早晨，我缩在被窝里听，宿舍里没有动静，就打开手机，继续睡觉。

不一会儿手机响了，叮咚——有人发来短信，打开一看是纯子的："外面在下雪，你知道吗？"

"骗子。"我发过去。然后，我站起来向窗外探望了一眼。啊?! 果然是下雪了！真是奇迹！

我想，一定是因为我们班所有同学许下了心愿，上帝才赐予我们雪的！

我简直不敢相信自己的眼睛，昨天还是阳光普照，可一夜之间外面已经变成一个白色的世界。有些事真的是一夜之间就可以改变的。我又把短信转发给了露露。紫青没有手机，因为她不肯去美国读书，手机被父母没收了。我知道她舍不得离开我们，才一直留在苏州的。为了这份至情，我迫不及待地把电话打了过去。

一切完毕，我马上蹬掉被子，一边穿衣一边喊："下雪了，下雪了！"

"什么？下雪了？！"别的宿舍开始回应，开始骚动。男生们迫不及待地从被窝里跳了出来，穿着三角裤在雪地上"裸奔"。

"咳，要死，要死，你们让我们怎么出门！"女生们开了门又关上了。

老亚带着男生在雪地上大笑。

我管不得那么多，打开门奔出宿舍。哈，好大的雪，我缩着脖子，在大雪飘飞的白色世界里奔跑着。我无法形容我的兴奋，所以只能像小狗追赶兔子一样在雪地上奔跑，发泄我内心的狂喜。

我去找纯子。

雪花飘在脸上，我一点也不觉得冷，盼望已久的第一场雪终于说来就来了。心灵相通的人是有感应的，别人不相信我信。在路上，我碰到了来找我的纯子。两个人像一个世纪没有见面的老朋友，久久地抱在一起，谁也不肯把对方松开。不知为什么，我感动得泪水流出来了，我看到纯子也是。我们奔跑着去找露露，露露家没人，打她手机是关机。她去哪里了呢?

紫青过来的时候，我们把露露"失踪"的消息告诉了她，紫青的眼圈红了。在几年未遇的江南大雪这么重大的事情上，露露竟然和我们捉迷藏似的躲了起来。

我想起了昨天的一幕，不无担心地问紫青："你是不是和她吵架了?"

"没有。"

到了午餐时间，露露还是关机，她家里还是没有她的影子。隔了一会儿，紫青阴郁地说："泥土，走吧。"她过来抱住我和纯子的肩问："麦当劳，还是肯德基? 我请客。"

"到麦当劳吃美国沙拉土豆吧。"纯子知道紫青喜欢，紫青喜欢美国的各种食品。

我们坐在食品商城二楼一边观望着人民路的雪景，一边漫不经心地吃着土豆，我们一直在等待露露开机。还是紫青果断，"我们去上网吧。"

到了网吧里，纯子与"毛毛虫"立刻聊了起来。紫青在查资料。我写了一篇《江南雪》的散文诗:

　　弥漫在眼前的，是无数翩翩起舞的精灵。它们
带着洁白的梦想，一路吟唱欢歌，在广袤的冬野

里，织造一件美丽的盛装。

　　在寂静的冬夜，它们调皮地敲打着江南的每户门窗。带着最初的冷意，带着最美的诗境，带着最洁的乡情；飘着绵绵的花絮，飘着幽幽的清香，飘着甜甜的笑音；我感觉到缓缓而来的新年，在雪地里跳动的脉搏。

　　当冬日的太阳飞出云层，俯视着这一片茫茫的雪地，暖意，开始删改着冬天的足迹，也消融了岁末的句号。当冬日的山泉顺流而下，如果你俯身细看，春天的影子，便开始越过阡陌徜徉而至。

　　……

我把它发到了一家报社。我喜欢农村的雪天，它比较有气势，毛泽东的一句词"千里冰封，万里雪飘"，其气势更是无法阻挡。我们因雪而狂欢，也因雪而产生淡淡的愁绪。露露在哪里呢？我隐隐感觉到这场雪，是我们之间友谊的最后见证。

　　天空暗淡，但雪还是把白天的城市装扮得异常美丽。不知什么时候，外面已经华灯初上。我们谁都没有动身。

　　露露终于发来了短信："小妮子们，去川福楼，我请客！"

　　"哇！！！！"我们三个立刻抛弃了那份愁绪，恢复了活力。

　　"讨伐？"纯子问。

"宰!"紫青说。

外面是灯红酒绿的城市天堂,所有的不快已经消融在这亦真亦幻的世界里。苏州的夜生活什么时候开始成为一种潮流并不重要,重要的是居民的生活开始富足了。我们拦了一辆出租车,风风火火直奔目的地而去,就像三个俗气的疯婆子。老爸老妈在自己开的工厂里忙忙碌碌,我们这些娇贵的千金却在肆意挥霍着他们的金钱。中国的孩子对家长多少有点不公平!

窗外的高架桥越通越远,像给苏州装上了一对翅膀,把腾飞的苏州城与国际大都市上海的距离连接得越来越近。在大多数苏州中学生中间,我们只能算是作威作福的小巫婆,沉浸在温柔富贵乡的梦里,可一旦醒来,除了青春就什么都没有了。

"嘿。"我们朝站在门口的露露招手。

我一边给出租车司机付钞票一边问:"今天是什么好日子?"

出租车司机朝我笑笑,"下雪呀。"

车子开走了,露露无比亲热地拥着我们问:"吃什么?"

"当然是四川的麻辣火锅。"

"喝什么?"

"王朝干红。"紫青派头十足地说。

我们挑选着自己要吃的食品,放料,开酒。我倒了一点红酒，再满上雪碧。紫青酒量大，红酒和雪碧各半，紫青说："干！"

"干！"我们站了起来，一饮而尽。

然后我们开始责问露露。

"我去会了一个人。"露露笑眯眯地说。

"谁?!"我们大声问，引来很多人奇怪的目光。

"林老师。"

"怎么样?"

"什么怎么样?"

"怎么这么久?"紫青不相信地问。

"对，老实交代。"我和纯子帮腔。

"我们一直在喝早茶。"

"喝到晚上?"纯子戏谑地问。

"骗你们是小狗！"

露露说起林老师的时候，紫青说班长和她在一起时，就像喝了马尿老是上厕所，一不小心撞在椅子上，当众在日暮里茶吧摔了一跤。纯子说下礼拜要与"毛毛虫"会面，并让我们给她把关。

"现实生活中没有叶峰，没有楚天歌，就连盖世爱也没有呵。"紫青想到了日本动漫《我为歌狂》里的一些男性角色，不时发着感慨，显然醉了。

露露扶着她，送她回家。

"住我家吧。"纯子抱住我的肩。

"不。"我婉言谢绝。我还要在被子里背英语单词呢,这是不能改变的,谁也不能改变我。

我一个人走在雪夜的街上,雪花还在飘着,街上的汽车像都被冻住了,开得特别缓慢,明天环卫工人又该扫雪了。

睡在床上,我的脑海里突然跳出了温和的 Mr. 林,明天林老师会带我们去哪里呢?回想起我们和他相处的点点滴滴,我无法想象,有一天毕业和他分别会是什么样子,会是整个班里的男生女生和他相拥而泣——惊天地泣鬼神的离别场面吗?

Mr. 林没有食言,真的要带我们去喝下午茶。

星期一下午,他在最后一节班会课上说:"今天班会的活动地点改了。"

"改在哪儿?"老亚问。

"日暮里茶吧。"

"哇——太棒了!"

我们登上了 68 路二层大公交,浩浩荡荡直奔日暮里茶吧而去。

"Mr. 林,你真舍得放血?"老亚问。

林老师笑了笑没说话,老亚瞪大了眼睛说:"可别拿我们的班费做少爷啊。"

"你小子怎么这么多话，难怪女孩子不喜欢你！在女孩子面前出手要大方，学着点。"林老师笑着继续说，"高三如果你们帮我露脸了，我请全班吃火锅！"

"拉钩！"纯子说。

"拉钩！"紫青说。

"对，拉钩！"全班同学拥了过来。

"喂，当心安全！"驾驶员大声用苏州话说。

露露心事重重的，什么也没有说，只是在观望着外面的雪景。

这么一群人闹哄哄地来到茶吧，把茶吧老板吓了一大跳，以为是来打架的，一听说是客人，他笑得嘴巴都歪了，看起来却像在哭——大概轻度的喜极而泣就是这个样子吧。

"每位十五元，四十二位，打八折。"林老师在讨价还价。

最终，茶吧老板看着我们这么一群七嘴八舌的年轻人，答应了这个价格，还爽快地把二楼的座位全部让给了我们。

全班聚集一堂，非常热闹。我乘乱打量起别具一格的茶吧。门面是用竹子装饰的，里面也是竹子的世界……竹装的顶子、竹镶的吧台、竹做的方凳。吧台里站着一位笑容可掬的小姐，吧台上是一尊红木做的弥勒佛像，二楼的东边是一幅苏绣，还有一幅江南雪景图的山水画。今天的主角是林老师和老亚。露露到现在还没有说过一句话，紫青也没有说话，平时整个班级都是她们的世界，可今天她们一句话也不说。

"厚皮鬼"老亚一边喝着热奶，一边喋喋不休地问："Mr.林，你说出手要大方，还打什么折啊？全班女生都看着你呢。"

"这是两码事，如果该打折的时候不打折，女孩会说你没见过世面，懂吗？傻小子！"林老师大言不惭地说。

"听听，老手的话！"露露坐在角落那边，话里有话地对老亚说。

老亚笑了，笑得比周星驰的"狂笑"还要恐怖。

不一会儿，露露走到老亚那里，两人在角落里嘀嘀咕咕地聊了半天话，干了一杯茶，还跳了一曲舞，弄得全班同学一头雾水。直到后来老亚报给我露露的手机号码时，他才告诉了我那天在日暮里茶吧发生的事。

萨克斯音乐此起彼伏，暖暖的主灯和红、黄、绿相间的水晶灯，照耀着青春蓬勃的我们，也许所有目睹这场面的人都会羡慕我们的浪漫。

年轻真好！

若干年后，还会有这样的场面出现在我们人生的旅途上吗？对于我而言，一个人的一生如果能遇到一次这样浪漫的经历，也许已经足够一生回想了。

我的视线从窗内转移到窗外。昨天还是白雪笼罩着整座城市，可此时街上的雪却都被环卫工人推到了墙角，变成了一堆堆残雪。这时，林老师说："泥土，你说说，大伙说你像冬天，在属于你的季节，你是主人，怎么不说话呢？"面对同学们的一片附和之声，我那本来就笨拙的嘴巴什么也说不上来。我的脸红得发烫，我低着头默不作声，但心里在想着属于我的白雪，快乐的心为嘴笨而感到些许失落。

"你怎么啦？"纯子摸了摸我的额头关切地问。

"没什么，休息一下就好了，你去看看露露和紫青她们吧，她们好像有什么心事。"我一边轻轻地对纯子说，一边不放心地看着坐在角落里的露露和紫青。露露忽冷忽热的表情出奇地反常。我感到有很多意想不到的事将会发生。纯子去了，我看着她们相拥在一起有说有笑的，一定是在议论班长是撞在哪把椅子上摔跤的。班长也许是触景生情，一个人傻乎乎地坐在那里，一句多余的话也没有。我看看班长失落的表情，再望望紫青她们夸张的笑容，心里微微踏实了一点。

大雪纷飞的日子以后，所有蓄谋已久的故事都开始有了结尾。露露的父母终于离婚了。露露没有说什么，她还是那么快乐地抱着我们疯成一团。在她离开前的最后一天，她还是那么快乐，在课堂上跟 Mr.林开着暧昧的"国际玩笑"，林老师只是大方地笑笑。老师怎么会把学生的笑话当真呢？林老师说："在我眼里，你们都是我的好孩子，永远都是！"

还没有结婚的林老师说出这句话的时候，我不禁感动得泪如雨下。

露露的母亲离婚后，觉得自己已经没有必要留在苏州。受伤太多，失去太多，她需要回到自己的家人那里弥合她的伤口。放学临分手时，露露不声不响地跟我们告别。她明天就要走了，只希望我们三个人去送她，"记住，我要看到的只是你们三个就够了。"直到这时，我和纯子才知道她要跟母亲回哈尔滨了。

"为什么不提前告诉我们?!"纯子哭着问，"难道我们不能为你分忧吗?"

我抱住纯子，尽量让我的眼泪流到心里。

"说了，我们能改变大人吗？算了，让我们都放下包袱吧。"紫青红着眼睛握住纯子的手，"露露都放下包袱了，我们何苦……"我知道露露和紫青那天在林子里说的一定就是这件事，她要紫青替她保密，她和林老师喝早茶是为了告别，她请我们吃晚饭原来也是为了告别呀，难怪紫青那天会喝醉。

不过露露没有跟林老师真正告别，包括校方，她像一个不负责任的孩子，喜欢做一走了之的傻事。

送露露的那天，紫青本来想很洒脱地分手，可是最终没有控制住自己的感情。还有露露，本来她也想开开心心地离开我们，离开我们共有的苏州，可最终也是忍不住热泪盈眶。她们三人像生离死别一样地抱在一起，诉说着四个人经历的一段段快乐的往事。

临别，紫青和纯子无比悲恸的哭声感染了所有离别的亲人。我只有抱住露露的母亲，我知道她更需要亲人的陪伴和安慰。

我跟老亚在林子里散步，他把露露的手机号码报给了我，我看到他的眼睛有点红。老亚跟我说那天在日暮里茶吧，露露把她的手机号给了他，并对他说，她和紫青走后，希望这个班还能像现在这样团结进取。老亚答应了，露露开心地和他跳了一支舞。

原来，老亚都比我先知道她们即将离开。

"谢谢。"我说，其实我是替露露谢谢他还记得她呢。

紧接着，紫青也要去美国了。

送她的那天，纯子还是一样不能自已，我只有继续抱住她。

经历过大风大浪的紫青的爸爸妈妈是不理解这些的。紫青不肯去美国读书，总是借故拖延，他们就以为是我们在吓唬她。紫青钻进小车回头看我们的时候，我看到了她满脸的泪水。

那天，纯子和我坐在苏州乐园的狮子山上哭了一整天。我还看到了从上海虹桥机场起飞经过苏州上空的那架飞机，我知道那里面一定坐着紫青，还有天上飘下来的小雨，一定是她的泪水。

有了这些，我们还需要什么呢？

纯子在无比悲伤的心情下，终没有和"毛毛虫"约会。

紫青走后，林老师伤感地说："好学生都留不住，走吧，你们都走吧。"我看到他的眼睛里流出了晶莹的泪水。我突然明白，其实我们班级里的每一个学生都是林老师的宝贝，老亚也是啊！感觉到这一点，我真想走上去擦掉林老师的泪水。他是无辜的，如果我们考不好，如果我们被校长不幸而言中……

现在班级里是"厚皮鬼"老亚的世界了，一切都是他说了算，纯子也不跟他计较。有什么可计较的？没有了露露和紫青，我们再也回不到原来的我们了。再说老亚为了不辜负露露和紫青，还是依然像从前一样努力地读书，为我们班的荣誉奋斗着。我由衷地感谢他，为我们做了那么多。

春天来临的时候，我收到报社寄来的一张样报，我的散文诗发表了。阳光明媚的中午，我和纯子坐在肯德基三楼一边吃一边想着各自的心事。出来的机会变少了，我和纯子的成绩开始突飞猛进。有两个保送大学的名额，我们都在争取。

"还记得我们的第一次相识吗？"纯子问。

"记得，"我红着眼睛说，"那时我们好天真，好馋。"我忽然好像历经沧海地说。

"是啊。"纯子握着我的手久久没有松开，我又一次看到了她夺眶而出的泪水。

这以后，便是夏天、秋天，我仿佛又一次看到露露和紫青露出两个季节一样的笑容。我喜欢暗自垂泪。我哭过，我喜欢一个人偷偷地哭。

纯子和我们的班长被保送上大学的消息出来以后，纯子迫不及待地告别了母校，飞到她读大学的南京去了。我送她的时候，我们都没有哭，纯子的喜讯冲淡了离别的伤情。

临走的时候，纯子对我说，"毛毛虫"其实就是我曾经暗恋的那个长发男生，她把她最珍贵的东西送还给我，作为她送给我的最后礼物。她知道她走后，我无论去哪里，都不会有人来送我了。

记得 Mr.林在露露和紫青走后的那段日子，拍着我的肩红着眼睛安慰我，世上没有不散的宴席，世上也没有永远拥有的东西。是啊，失去了永远都是失去了，何必在乎有没有人来送我呢？

冬天又来了，我缩在被窝里想到了我的春、夏、秋三个朋友，不知今年的江南会不会下雪？如果下雪，是不是要给我的那些朋友发一条下雪的短信呢？是不是没有了梦就没有了友谊和童话？是不是分别了就永远失去了？

堂妹玛丽

一

堂妹来我家的时候有点"二"，整天睡在床上，甚至于还要戴个旅游帽。

吃饭的时候，看着她还是高高地戴着帽子，我忍不住好奇地问堂妹："堂妹，帽子戴在头上舒服吗，怎么这么喜欢戴帽子？"

"不舒服，可以防紫外线辐射呀！"

"扑哧——"我笑得前仰后合，嘴里的米粒差点喷她一脸。

苏州实在太热了！

"在我们台湾最热不过27到30摄氏度，但在这里却要忍受40度左右的高温天气。"

难怪！她来的时候，正好是夏天，一时半会儿适应不了这高温的折磨，对她来说确实是一种煎熬。于是，她十足成了一只懒猫，足不出户，除了吃饭，还整天戴个旅游帽睡在床上。

我的老爸实在不忍心看他的堂侄女小姐受这般折磨，咬咬牙从商场里买回来一台新空调，装到了堂妹的房间。堂妹还算义气，空调安装后非要我搬到她的房间一起住，说啥要我与她有福同享，当然我很乐意地搬了过去。没想到，这倒成了堂妹向我学习普通话的好机会，我也俨然成了她学习普通话的绝妙辅导员。有时到了晚上九点，她还软硬兼施地缠着我，还要叫我教普通话，跟我说普通话音标什么的。

应该说，堂妹很有灵性。一段时间下来，她的普通话学得像模像样。

"堂哥，我脸上的油都晒光啦！"玛丽一脸无奈地说道。

"是——吗——"我拉长了调子。

她笑。知道我在学她。

"都说'上有天堂，下有苏杭'，苏州这么热，到底好在哪里？"

我说："准备打退堂鼓，还来得及呀。"

她耸耸肩，说："谁说我要跑，我开心还来不及。我只是想知道一些苏州的人文典故，上学后，可以和同学吹吹牛嘛。"

堂妹对苏州美食情有独钟，还不时向我妈讨教厨艺，一个礼拜下来就足足重了两斤，吓得她赶忙下床做运动。

　　我有意要逗她露出饕餮之相，我摇头晃脑地摆出一副老学究之相说："我们苏州嘛，是'温柔之乡，繁华之地'，吃喝玩乐，应有尽有。你要游览，苏州有拙政园、虎丘山、寒山寺、苏州乐园；太湖有洞庭东山、西山；水乡有角直、同里、周庄等。你要享口福，俗话说，白相观前街，吃煞太监弄。太监弄名店多、名菜多。名店有松鹤楼、得月楼、王四酒家多家，名菜有松鼠鳜鱼、鱼巴肺汤、叫花鸡，交交关关（方言：许许多多）。你要讲穿，苏州有丝绸等。苏州真的是人间天堂。"我又不知不觉地哼起了童谣《苏州小吃》：

　　　　姑苏小吃名堂多，味道香甜软酥糯。

　　　　生煎馒头蟹壳黄，老虎脚爪绞连棒。

　　　　小笼馒头肉馒头，香菇菜包豆沙包。

　　　　茶叶蛋、焐熟藕，大小馄饨加汤包。

　　　　臭豆腐干粢饭团，萝卜丝饼三角包。

　　　　芝麻糊、糖芋艿，油氽臭子白糖饺。

　　　　鸡鸭血汤豆腐花，桂花藕粉海棠糕。

　　　　蜜糕方糕条头糕，猪油年糕糖年糕。

　　　　酒酿圆子甜酒酿，定胜糕来梅花糕。

　　　　笃笃笃笃卖糖粥，小囡吃仔还想要。

　　玛丽白了我一眼说："臭美！我们台湾四季如春，山海相连，是举世闻名的'美丽岛'（葡萄牙旅游家称台湾为'美丽岛'）。有高山、瀑布、盆地、温泉、森林、荒漠……大陆有的自然风光，在我们台湾也随处可见。"

　　我们在一起最喜欢的就是互相耍嘴皮子，这样既愉快又锻炼了堂妹玛丽的普通话。虽说她的普通话说得还不那么标准，却进步神速。

　　我家的台北堂亲在一九九八年才与我家有了联络。

　　到二〇〇〇年，我的那个台湾堂叔——玛丽的父亲忽然来到我家所在的城市"打工"，更没想到的是台北堂妹玛丽，忽然有一天要来我家长住，着实让我们全家人有些措手不及。在台湾习惯了做"阔小姐"的玛丽，不知能否适应大陆的平民生活。等到堂妹来后，我们才知道这种担心是多余的。未料堂妹出奇地随和，第一次到我家时，除了说的话太嗲，让全家人感觉仿佛跟台北影星对话外，其余则和我们完全没有两样。

　　堂叔在苏州工业园区的一家国际财团担任总经理，那个财团的驻地离我们家不远，他把堂妹带到大陆来读书，便寄宿在我家。

　　为了更好地融入这座城市，为了让自己未来的同学们接触时不晓得她是外来的，她除了学厨艺，还跟我妈学起了苏州的礼仪呀，水乡风俗习惯呀，穿着这里的衣服，还忍痛割爱，摘掉了她最喜欢戴的旅游帽。

在我家住了一个多月，在大陆美好的大自然环境的滋润和"太湖牌"自来水的浸润下，她的皮肤也渐渐变白了。她懂得大陆的女孩都很乖巧，特别是苏州女孩，更有一番水乡女子的温柔。她们一般喜欢大红大紫大黄，不像台湾女孩，白色对她们来说才象征着吉利，连白帽子也流行于市，白萝卜更不用说也成了她们祭祀祖宗的供品。

在母亲的调教下，加上她自己的刻苦学习，玛丽对苏州有了进一步的认识。真是用心良苦，功夫不负有心人，她学会了普通话，偶尔还能来点吴侬软语的苏州方言。这不，我们没费多少口舌，就把玛丽顺利插入苏州城内的一所中学就读。她填写的家属栏里，我看到她填在父亲一栏里的，竟然是我老爸的名字，我自然成了她的"亲"哥哥。我想她是真心喜欢我们的，但她能跟这里的同学们快乐友好地相处吗？

我想我们的担心不是多余的。

尽管我的堂妹玛丽很快融入了新生活，并且过得意想不到地快乐，她常对我说些校园女生的私生活，当然一开始说的都是她和同桌李莹的故事，但没有等到一个学期结束，她就急着要回台湾，任凭我母亲怎么挽留都无济于事。堂妹执意要走。我百思不得其解，询问她回台的缘故。她说一时半会儿也说不清。最后，她留给了我她的那本日记本，叫我去读。

　　堂妹走了，我好奇地打开她的日记本，读着读着，我被她的善良所感动：她为同桌李莹的快乐而祝福，为班主任王永明没有分到房子而伤感，为孙海的白血病而彻夜难眠，最终飞赴台湾，是为了"寻求救星"……读到这里，我终于知道了堂妹要走的真正原因了，不禁为有这样的"台湾妹妹"而自豪起来，为了更好地叙述玛丽的成长史，且不带任何感情色彩来描写她，我不妨用第三人称展示玛丽的日记。

二

　　玛丽虽然长得很漂亮，但一直生活得很平凡，在初二（1）班里，属于既不能引老师和同学注目，但也不会被他们忘却的角色。玛丽甘于这种生活，没有老师给予的压力，也没有同学的嫉妒，她拥有一种自由自在的生活方式，令她无比放松和开心，一点都没有"为赋新词"的感觉。可能也因为这一点，在各门功课中，玛丽唯一头痛的便是作文。

　　这个周末，最后一节语文课上，"大胖子"班主任王永明布置一篇记叙文《我的××》，玛丽的头便又开始隐隐发痛，一点都没有将要"胜利大逃亡"的感觉。放学后，玛丽推着自行车出校门时，同桌李莹从后面追上来，"哎，玛丽，走这么快干吗？是急着去约会还是要干什么见不得人的事？"

李莹最喜欢戏谑玛丽，因为玛丽像个小孩子，天真得什么都不懂。她知道玛丽在成绩方面不会引起男生的注意，也不会用漂亮来吸引男生。李莹想，玛丽真没有长大，整个儿一副自生自灭随遇而安的样子。

"我才没你走运呢，你心中的白马王子董秋林跟你总是卿卿我我，让人恶心。"玛丽做了一个呕吐的动作。

"你呢？你那个青海来的'问题大王'孙海，不也总缠着你吗？"

"你这人真损，他有白血病你还拿他寻开心。"玛丽说。这是班主任瞒着孙海向大家宣布的消息。自此，同学们便再也不敢随便伤害孙海了。

"好了，不跟你耍嘴皮子了，花姑娘，今天你怎么啦，气色不对嘛。"李莹一边学着日本鬼子的口气，一边模仿玛丽偶尔脱口而出的嗲气，挪开车把上的一只手，拧了一下玛丽漂亮的脸蛋。

玛丽没好气地说："都是王胖子出了那个作文题目，一想到我的头就痛了啦。"

李莹笑着说："这有何难，我来帮你解决，只是……"

"多少稿费？"玛丽直截了当。

"我的作文可是顶呱呱，一包六元五角的相思梅怎么样?"

李莹不是自吹自擂,作文可是她的拿手好戏,她还担任班里的语文课代表呢。"成交!"玛丽激动地举起一只手,和李莹的手在空中击了一掌。玛丽接着又说:"谁先到家,星期一一只汉堡包。"

"OK!"李莹又伸出手和玛丽击了一掌。玛丽住在临顿路,离苏州最漂亮的主干道干将路仅一箭之遥。玛丽曾听她的堂哥说过干将莫邪的故事,还和他看了一场《干将莫邪》的大型舞剧。其场面恢宏壮观,至今记忆犹新。而李莹则住在最繁华的人民路,两家距学校差不多远。玛丽的山地车虽然高档了不少,但她回家的路上要经过三个红绿灯。她的堂哥知道这件事后,特意给她买了一顶骑行帽。她们打赌时,用的就是最好的交流工具——电话,一到家就打电话。

今天,玛丽骑车特别顺。"唰——"她穿过一个红绿灯,两腿使劲蹬,越蹬越有力气,汽车都被她甩在了后面。过第二个红绿灯时,稍作休息。绿灯一亮,她又快速出击,箭一样飞过去。放学的小学生看她这样卖力地骑山地车,躲避在路边,给她鼓掌。她今天心情特别好,回过头向小学生们挥手摆"pose",速度虽然慢了不少,但一分心,轮胎在绿化带上蹭了一下,连人带车翻进了绿化带。幸亏那顶骑行帽帮了她的大忙,帽子撞在了树上,阻挡了一下,没让她栽倒,否则肯定头着地,来一个狗吃屎。

"哇，酷，小姐姐，你太棒了！巾帼不让须眉——"小朋友们在旁笑着有意奚落她。

她也来不及跟他们耍贫嘴，赶紧把自行车扶起。

骑车路过的大人都好心地询问她有没有跌伤。

她支支吾吾地说"没有"，也顾不得疼痛，翻身上了车就跑。

玛丽狼狈不已。这是她第一次在苏州出"洋相"，而且是当着那么多路人的面。看来，装备再好，车技再好，分心后还是很容易发生意外的。进了小区，支好自行车，玛丽一边回想着当时的一幕，一边摸着楼梯上楼。在自行车上倒还没啥大的感觉，但一走上楼梯，疼痛就来了。玛丽急冲冲地回到家里，把书包往沙发上一甩，第一个反应就是与李莹打的赌，立刻把电话打过去。接电话的是李莹的妈妈，说李莹还没回来。

没回来？玛丽很意外，通常是她回到家，家里电话早就响个不停，李莹起码比她早回家一分钟。

这次，玛丽终于赢了一回，虽然代价有点大，但她觉得值。

她们经常打赌看谁先回家，谁输了，早晨买点心——一只汉堡包。其实往往是玛丽晚回家，除非李莹碰到交通堵塞或两个红灯，玛丽才有赢的机会，可玛丽就是乐此不疲。玛丽隔半小时打一个电话，直到晚上六点，李莹还没回家。玛丽总共打了四个电话，花去八毛钱，一只汉堡包也不过两元钱，这次赢了也就赚了一元二角钱。"但我赢了!"玛丽美滋滋地坐在沙发上笑。她的心情终于彻底明朗起来。

周一的语文课上，玛丽一边吃着赢来的汉堡包，一边问李莹晚回家的原因。谁知李莹一说就大倒苦水。其实，她是瞒了玛丽偷偷地和董秋林约会到电影院看电影了。结果在电影散场时，她和董秋林一起从影剧院出来，恰恰被也在电影院看电影的班主任王永明逮个正着。

"为什么会这么巧?"玛丽笑。

李莹吐吐舌头，"我也不知道。"

玛丽看看身后的董秋林，一副若无其事老谋深算的样子。她想，等下了课我一定要好好地数落他一番。

没想到，离下课还有几分钟，王永明却大发雷霆了，说她身为初二（1）班语文课代表，班主任的"红人"，居然和男同学在电影院看电影，还拉拉扯扯，成何体统……

王永明虽只用了几分钟的时间含沙射影地说了一下，却把不点自明的李莹给说哭了。他看了一眼李莹道："谁觉得我说得不对，尽可以反驳。"

玛丽想站起来帮一下好朋友，可想到这在台湾中学里也是不允许的呀。

"当然不对，但我觉得老师过火了，同学之间一起看场电影没什么了不起的，他们本来也叫我去的，可惜我没空，用不着大惊小怪、小题大做。"比玛丽稍晚插班来的"小青海"孙海这时站起来说。

"小题大做？难道男女同学手拉手看电影是正常现象？"王永明又发火了。

孙海苍白的脸上，泛过一丝少男的羞涩，但立刻又恢复了他那张"牛奶"脸，并抱着不满，反驳说："你怎么总是扭曲男女同学之间的友谊？上次我和玛丽在走廊上说得有声有色，眉飞色舞，你就问我，是不是喜欢玛丽？我说不是喜欢她，是喜欢和她说话，可你却说那还不是一码事？现在都什么时代了？男女生之间说句话都要疑神疑鬼的。"

王永明铁青着脸问："那你说，现在是什么时代？"

"新世纪，新时代！"男生们异口同声地代替孙海回答。

"你们这群臭小子，存心跟我作对，真是气死我了！"王永明拍着桌子说，"我吃的盐比你们吃的饭还多，走的桥比你们走的路还多，难道我说得不对吗？难道我看不出吗？这是早恋！时代再新，行为规范还是要遵循的，循规蹈矩嘛！我的年龄比你们大，我看得多呢！你们还小，没有足够的控制力，过早恋爱会影响你们的学习。孩子嘛，知道什么！哪懂什么是恋爱，什么是爱情！纯粹是胡闹！你们的一举一动都逃不过我的眼睛。孙悟空逃不出如来佛的手掌心。你们的时代也是我的时代！"

"对呀，正因为你和我们一起生活在同一时代里，所以才有女生敢给你写情书，要是在以往的年代，你哪有这福分?!"董秋林站起来反驳。

男女生们一阵哗然，教室里顿时像打翻的田鸡篓子，叽叽呱呱地响成一片。男生们却有些想不明白，像他这二百多斤的胖子，火气又这般大，除了偶尔有点幽默细胞，上一届竟然有个女生喜欢他，还给他写了封缠缠绵绵的情书。

"你还好意思抖我的丑事，我是人正、心正、作风正，你呢，你就不行，小子你要知道你还小。反正下次我再看到你和……我就一掌打到你老子那儿去!"王永明大声说完，气呼呼地离开了教室。

三

其实班主任王永明平时绝对是个既浪漫又民主的老师。只要你有一定道理，即使你跟他吵架也绝对没问题。

玛丽的英语口语很好，在台湾已经拿到"四级"证书，实际相当于具备了大陆本科生的英语对话能力。但玛丽不想一鸣惊人，她只想平静地学习，她在台湾读书时也是挺认真的。

玛丽刚插进这个班的时候，对于大陆的许多东西，即使是学校，甚至是班内的，她也一概不知，闻所未闻。在课上，对老师的提问，玛丽有一个绝招，就是学蚊子叫，瓮声瓮气的。有一次，王永明问："玛丽，你记得初一语文课本里学过鲁迅的一篇文章吗？"班主任很喜欢现代作家的作品，特别是鲁迅的作品。尤其是鲁迅直面人生的风骨，更让他佩服得五体投地。至于现在的新生代作家郭敬明、韩寒之流所写的小说，还有那些新生代的诗，他都不屑一顾，甚至于把它们批得体无完肤。

玛丽坐在靠墙第四排，听到老师叫她，站起来，嘴里一个劲儿"唔哩唔哩"，犹如蚊子叫。王永明说你大声点，其结果还是老样子，瓮声瓮气。王永明不知道她是台湾来的，更不知道台湾根本没有这方面的教材，他连问了两遍，却见李莹站起来回答："玛丽说，不就是鲁迅的《从百草园到三味书屋》吗？"

这样经过几次之后，班主任也懒得再向我们的玛丽小姐提问了，比如她对大陆的地理，也是一窍不通的。因此，在上课时常常洋相百出。她自然成了他们班唯一的一问三不知学生，被公认为是一个最"笨"、最特别的丑小鸭。由于玛丽抱着不想一鸣惊人的想法，不但不动气，反倒很开心。在这里她学到了很多原来在台湾学不到的东西。子曰："温故而知新，可以为师矣。"她想，这和大陆是一脉相承的。虽然在这里她有许多回答不上来的问题，但是她照样可以回台湾做大陆通。

好玩的是，不久班里又插班来个更绝的男生，一个什么都懂、什么都问不倒的男生——就是那个青海来的孙海。他的父亲为了赚更多的钱治孙海的病，受聘到了苏州工业园区工作。父亲受聘，作为儿子的孙海当然要跟着父亲这个"饭票"来了。没想到在青海所向披靡的"问题大师"孙海，偏偏遇到了克星——就是我们那个一问三不知的玛丽小姐。地理老师何密山问："你们知道'亚洲四小龙'，是哪'四小龙'？"

孙海站起来说："根据本人猜测，从全世界七大洲来看，亚洲是世界上最有发展潜力的一个洲。纵观上下五千年，不，是上下六千年，先是我们大中国一统天下，那时美帝国不过还处在胚胎阶段，也就是还处在底层。然后是日不落国大东亚（日本）的发展……直至二十世纪末才出现'亚洲四小龙'。所谓'四小龙'，就是中国的台湾、香港，韩国和新加坡。我还要告诉同学们，除了中国的台湾、香港，韩国和新加坡，我个人觉得还应该增加一龙，应为'五小龙'。你们知道还有条龙是指哪里吗？"

同学们则无言以对，只是摇头。孙海反过来问地理老师，可把何老师问得两颊由红变白。他看大家都不晓得，才大言不惭地说："是我们上海，这几年它的发展，令世界刮目——"

孙海还想说下去，被地理老师大喝坐下。这事发生后，其他来上课的老师都不敢叫他了，唯恐被他难倒而扫了自己的面子。他举手，除了班主任王永明宠他，别的老师都视而不见。尽管孙海可能知道的知识很多，但老师们不能容忍漠视老师、夸夸其谈的学生。

玛丽却觉得他挺逗。看上去病恹恹、脸无血色，纯粹是一副弱不禁风的样子，但他知识面广，谈论起问题来就是那么头头是道。

下课后，孙海与同学们说话，可能说得太入"段"了，没人能接上他的话题，碰到他问："知道为什么吗?"听的人不明就里，就躲得远远的。没办法，最后他只有找玛丽。

"玛丽，你喜欢篮球吗?"孙海问。

"唔?"玛丽一时没反应过来。

孙海误以为找到了知音，于是他又夸夸其谈起来："你知道科比·布莱恩特、勒布朗·詹姆斯、德怀恩·韦德、卡梅罗·安东尼吗?"

"不知道。"玛丽诚实地回答。

孙海皱了一下眉头，解释说："他们都是NBA世界级明星。其中，科比·布莱恩特、勒布朗·詹姆斯是继乔丹之后，最有天赋、最接近神坛的球星。论长相，科比的长相比较秀气，詹姆斯的长相则非常霸气；论身材，科比修长匀称更接近乔丹，詹姆斯健壮结实给人以力量感；论技术，科比攻防兼备，背打和后仰略胜一筹，詹姆斯极其全面，团队协作更接近乔丹；论领导能力，科比是超级个人英雄主义，专于用得分和绝杀帮助球队，詹姆斯则将得分和助力团队合作完美结合。"孙海顿了一下又说："中国男子足球在世界舞台上虽不值一提，但中国篮球在亚洲也是举足轻重的一支球队。姚明、易建联、王治郅都是赫赫有名的球星。"

孙海还想说下去，玛丽捂着耳朵反问他："你知道郑伊健的老妈是谁，知道郭富城的老爸是谁，知道台湾阿雅怎样出道的吗？"

孙海万万没有想到，玛丽会来这一招。不但不顺着他回答问题，反倒来询问他，也让他措手不及，束手无策，够毒！这次轮到孙海溜之大吉了。

四

王永明对谁都好像看不惯，嘴上总是骂骂咧咧的，可对从青海插班来的孙海却另眼相待。他当着许多同学说，他和孙海有私人关系。但在课堂里，王永明从不让孙海表露出一丝优越感，反倒对其更为严格要求。

像这次背英语课文《The Quene Jumper》，就充分表现出王永明对孙海的偏心。事情是这样的，英语老师叫大家背这一课，全班男女生没一个能背出来，可以说全军覆没。不知何因,李莹背得牛头不对马嘴,董秋林索性摇着头说自己背不出。照例玛丽是可以背出来的,但她不想让自己一鸣惊人,故意没有背完。弄得英语老师哭笑不得,为此大光其火。临下课时叫全班男女生罚抄那篇课文二十遍。大家没有路可走,结果是下一节的地理课暗里却成了英语课。地理老师何密山看见大家都在偷偷抄英语课文,气不打一处来。

何密山发现孙海也在抄英语课文,本来对他就有意见,这次终于寻到了一个绝好的机会,来个借题发挥,走到他的身旁,指着他说:"你不要以为你有班主任的庇护,就可以为所欲为,要不是你有病,我……"话未说完,把孙海的英语课本一下子给撕了。

老师的这个举动,让董秋林惊呆了。

大概为了报答孙海上次帮他解围的恩情,董秋林大脑一热,决定帮他一把,突然和何密山较上了劲。他"霍"地从座位上站起来,直截了当地说:"老师你撕同学的英语课本是不对的,即使学生有错,课本也无错。"何老师见有人竟敢顶撞他,更加恼羞成怒,愤怒地向董秋林头上拍去。这下,董秋林可被王永明"不幸言中"了。前天,王永明曾断定过:"你们如果不听我王永明的话,到后来肯定会吃苦头。"这不是吗?这下可激怒了血气方刚的董秋林。董秋林也拔出了拳头。两人扭在了一起。师生的肢体冲突,顿时让课堂一片混乱。

幸得班主任王永明及时赶到，事态才平息。事后，何密山竟在校长面前先告状，说董秋林先动手打老师，弄得全校满城风雨。校长听信何密山的话，扬言要严肃处理，开除董秋林，以杀一儆百，整顿校纪校风。说啥"出头椽子先毁烂"，打击一下出头鸟，看以后谁再敢闹事。

这次风暴后，王永明找孙海谈话，责怪孙海多事，批评他不该当面冲撞何老师，带了一个不好的头。其实孙海什么学生干部也不是，怎说带头。在课堂里，王永明当众还扯了孙海耳朵一把，以示惩罚。

下课后，王永明给了孙海一本崭新的英语课本，说什么赏罚分明。同学们都跳起来说："偏心！"

孙海根本不领情，当着王永明的面对同学们说："你们谁让我扯一把耳朵，我就把这本书给谁。"

玛丽笑着说："你拉我的耳朵好了，我跟你换这本书。"

男同学便起哄："孙海快扯，快换。"

孙海看了一眼玛丽说："算了，跟你白换吧。"

王永明在一旁脸上一改严肃的神态，笑着说："怎么？不舍得扯啊？"男同学笑得更起劲了。

孙海装作一脸严肃，"还是个老师呢，怎么为人师表的？"他白了王永明一眼，然后又对他做个鬼脸，对玛丽说："玛丽，咱们今晚去看电影吧，《泰坦尼克号》最适合我们看。"

"好啊，让我们也去过把瘾吧。"玛丽附和道。

"怎么样？满意了吧?"孙海对男生们说。

"怎么样？舒服了吧?"玛丽朝女生们说。

王永明看了一下董秋林，耸耸肩，"没风度。"

"没风度。"男女生异口同声。

课堂里一片快乐的笑声，唯有董秋林没有一丝笑意，似乎成了一个可怜虫。这大概也是王永明故意要的氛围吧，他要董秋林好好反思一下，检讨一下自己的错误。

董秋林，你能读懂吗？——你这个女孩眼中的白马王子啊。

五

今天全班四十二个学生都站在雨里，站在校长办公室的门口为董秋林求情。董秋林要被学校开除，男女生们怎能舍得，毕竟大家友好相处了一段美好时光，他是班级里重要的一员。班主任说大家谁也不能离开谁。玛丽想，他说得真对，如果我们把班级看成一个大家庭，如果少了一个亲人，难道我们能开心吗？

泪水和雨水打湿了孩子们的脸，他们就这样静静地站着，静静等待着校长出现，收回他的旨意。

后来，董秋林的父亲也来了。

董秋林家住在郊外。来的时候，他的父亲赤着脚，一身泥，一身水，背有些驼，显然是刚从地里过来。他不善言辞，只是一个劲儿地搓着手，一句话也不说，看上去一脸老实巴交的样子。同学们现在才知道董秋林的家境其实很困难，母亲老早死了，全家就靠他父亲种蔬菜为生。

王永明沉默许久，走到董秋林的父亲面前安慰了他几句，然后送他出校门，告诉他事情会解决的，叫他放心。

晚上，王永明拿了两条高级香烟，领着董秋林敲开了地理老师何密山的门。

董秋林回来时，眼泪汪汪的。孙海含着泪走过去，拉着董秋林的手，不知怎么竟哭出了声，"都是我的错。"

董秋林却笑了，"没什么，有王老师帮我扛着呢。"

这时所有的同学都对着王永明哭了，他们说不出什么感激的话，心里却为有这样的老师感到自豪。

台湾的玛丽在大陆慢慢成长，她的心早已融进了这个充满温情的大家庭。"快乐"的，她要珍藏，"悲伤"的，她要忘却，她说有一天她要把大陆的快乐带到台湾去。

六

在王永明眼里，玛丽是个很天真的女孩，尽管懂的东西不多，成绩也一般，但她身上某种闪光的东西，吸引着他。今天他有许多话，想跟她谈谈，包括她与孙海的关系。

玛丽踏进他的家，一看只是两间连通的宿舍。因学校还没分房，夫妻俩只能将两间学校宿舍打通暂且安了家。王永明老师的夫人也是老师，姓蒋。蒋老师是初中段唯一的一位音乐老师，工作认真，嗓音又好。人很温顺、平和，一副小家碧玉的模样。玛丽一进去，王永明便对蒋老师幽默地介绍："这是我们班上课答题声音最轻、最莫名其妙的女学生。俗话说，响鼓不用重槌，有理不在声高。玛丽小姐却用蚊子声制服了连我们班老师也头大的'问题大王'孙海。"

"我知道的，她也是我的学生。"蒋老师微笑着。

这令王永明很失望，原来她也知道，他只能耸耸肩。玛丽为了打破这尴尬的局面，忍不住跟着笑，问蒋老师："快分到新房了吧?"

蒋老师笑眯眯地说："托你王老师的福，快了吧。到时候请你们全班男女生涮一顿。可时间还早呢，别声张，望你暂时替我保密哦。"

　　玛丽听孙海说起过，王永明最近好像被评上了中学高级教师。聘为中学高级教师职称的人分房可以优先。

　　玛丽得到蒋老师的肯定回答后，一声"OK"，声音一点也不轻，倒让两位老师吃了一惊。

　　最后三个人谈到了孙海。王永明不无担心地惦记着他的病，因为孙海的父亲早就打算为儿子做骨髓手术，可惜一直找不到和他儿子骨髓相同的"爱心志愿者"。王永明希望玛丽好好帮助他改改脾气，当然要在不伤害孙海自尊的前提下。王老师知道，孙海的白血病将近晚期，如再不及时动手术，那就危险了。为了不让他的病情恶化，要让他多开心，提高自己的免疫力。玛丽和蒋老师都不免伤感起来，他们都担心孙海是否能挺住，像健康的孩子一样生活。

　　玛丽想，自己理所当然应该帮助孙海。

七

　　第一节上语文课，只见王永明穿着一身新西装踏进教室，笑容满面，一脸阳光。想不到这胖子穿起西服来还真有点风度，乍看上去，人像年轻了许多，真精神呀。董秋林开玩笑说："今天的太阳从西边出来了？"

女生们也大声嚷嚷："咱们的王老师赛过万梓良！多帅呀！"

"哪有的事，不过就是那个《肥猫正传》里的'肥猫'吧。"孙海故意损他。

同学们大笑不止。

王永明一点也不动气，却自豪地笑着说："这些都是电影明星嘛，谢谢抬举了！现在上课，私人问题下课再聊。"

接着正式上课，大家觉得，今天太奇怪啦，王老师手捧教本，语言滔滔不绝，引经据典，旁征博引，举止手舞足蹈，旁若无人，板书规范合理，美观大方，与前相比宛如换了一个人似的。

可以说整节语文课上得妙趣横生，男女生们都抱怨时间过得太快了。大家知道，王永明说话虽然直来直去，但你说他什么，喊他什么，他都不会生气，况且他上课的方针是"活泼而不失严肃，幽默而不失联想"。

下午，同学们才知道王永明真的评上了中学高级教师。这下应了"人逢喜事精神爽"这句老话了。

八

要不是他爸爸亲口对他说，孙海说什么也不会相信，玛丽是台湾来的"美眉"。原来孙海的父亲受聘在玛丽父亲工作的那个国际公司。玛丽的父亲虽担任总经理，但十分平易近人，他经常下基层，与其他工作人员打交道，交朋友。在接触时，他们彼此谈起了自己的子女，叫他们无法相信的是，他们是同事，孩子竟然是同班同学。

这样，玛丽极力想隐瞒的自己是"外来妹"而且是台胞的秘密不攻自破。

初二（1）班顿时热闹起来，大家围着玛丽问这问那。学校里像发生了特大新闻，同学们都争相来看看这位台湾同胞。平时一直在幕后的玛丽，一下子走到了台前，她有些害羞，更多的是惶恐。她不想因为自己是台湾同胞，在学校内、在同学中享有更多的优待，她只想过正常的生活。

特别是到了打饭时间，大家对着玛丽指指点点的。玛丽尽量以最好的形象，笑眯眯地应对盯着她说话的那些同学。

天天这样让她感觉非常疲惫。她渐渐地变懒了。当那样的目光再次聚来，她学会了不为所动，盯着前面看，或者和李莹说着话。

校园里的学生渐渐地习以为常。玛丽也慢慢退隐"江湖"，退入台后，这似乎让她有些失落。但让她想不到的是，李莹激动地连写了两篇《我的同桌》，居然都在晚报上发表了。

这似乎成全了玛丽，也红了李莹。

李莹将拿到的一百元稿费，请全班吃了一次小吃。李莹文章的发表，轰动了全校。一石激起千层浪，学校里开始成立文学社，李莹当然顺理成章地成了文学社社长，玛丽和孙海都加入了这个文学社。尽管玛丽过去一听到写作文就无比头疼，但现在她却成了人们写作的素材，这就让她不得不重新审视自己的行为了。这也让男女生们明白，写作素材存在于实际生活中，只要有心，用心发现，到处都有可写的东西。正是李莹与玛丽的亲密接触，触发了李莹的灵感，她才写出这样一流的文章。

孙海每天激动地盯着玛丽看，想从她身上发现些什么，也让灵感触发一下。

玛丽被他看得心里发毛，不由自主地摸着脸问："是不是早餐的米粒留在了我脸上啦？"

孙海笑了，不说话，继续看她，并且不停地写着什么。

玛丽问李莹："孙海是不是疯了？"

李莹笑着说："他现在正着手写一部长篇小说，题目是《快乐玛丽》。"

"就我这样平常的人也能写就长篇小说？"

玛丽劝孙海："孙海，你不要浪费自己的脑细胞了，就我们这样平凡的人，你能写出一个什么小说？是不是今天玛丽穿了件粉红色的连衣裙，到了大冬天了，她怎么还穿那件粉红色的连衣裙呢?"

孙海笑着不答话。现在他对提问已不感兴趣,而是喜欢思考了。

孙海没有想到,玛丽其实知道得很多。有很多东西,他们从来也没有听到过,特别是英语,她朗诵起来一口牛津腔,据说她原来的学校的英语教师是从英国聘来的。孙海觉得自己在课堂上口出狂言实在有些惭愧。

现在女生把所有的兴趣都放在了玛丽的身上,学她的大方、她的台湾腔,女生眼中白马王子董秋林的"全能"形象早已骤然倒塌,但李莹还是原来的李莹。尽管李莹从此不再轻易叫董秋林买东西,相反对他更好了。别人看不出,但玛丽看得出。据说从此他们也没有再去看过一场电影。别人不相信,玛丽相信。

一个深秋的下午,李莹和董秋林在操场上散步。玛丽看着阳光暖洋洋地洒下来,洒得地上似乎铺上了一地金子。李莹和董秋林被阳光照耀着,他们青春的背影、潇洒的风度令人陶醉。孙海跟了上来,不容分说地拉着玛丽的手,要和她一起去偷听他们两人的悄悄话。

李莹和董秋林完全沉浸在他们的二人世界里,时而一阵沉默,时而又是一阵大笑,仿佛他们的四周筑上了一道墙,他俩毫无顾忌,无忧无虑,根本没有想到这时有人正在侵入他们的领地。

"如果我们这样大模大样地走，被王永明发现，他非气死不可。"李莹笑着说。

"我倒觉得他比别的老师有人情味。他发脾气也是为了我们，我欣赏他那种有脾气的学者风度——做人执拗，为人耿直，又不乏幽默。"董秋林认真地说。

李莹自言自语地说："是呀，有谁没跟他吵过，有谁没有被他批评过，可谁都能感觉到他的亲切和友好。就像我们经他一骂，头脑清醒了，仔细想想连我们自己也不知道自己是在恋爱，还是在友谊地相处。他像我们的兄长，更像朋友，在帮我们指点迷津呢！"

孙海原想听听他们的悄悄话，想不到，他俩在评价王永明。孙海听了他们富有诗意的话，忍不住插话说："是呀，他是我一生中碰到的最和蔼的老师了。"

李莹没有想到后面有人在偷听，回过头来羞红着脸对玛丽一边笑一边骂道："拧你个死丫头！"她把手伸到玛丽的胳肢窝里，直到笑成一团的玛丽连连求饶，这才放手。在快乐的笑声中，他们谈到了王永明的住房。这回玛丽却忍不住泄露了王永明请客涮一顿的秘密。

"上次王老师说，这次分到住房请我们喝酒。"玛丽说。

"真好！"孙海陶醉地说。

李莹说："还没定呢，你急什么？"

董秋林说道："我想，这事肯定没问题。王老师教语文在全市都有名气，又是中学高级教师。"

"可现在老师们都在走动，我知道，王永明老师要是为自己，打死他也不会去走动的。"李莹不无担心地说。

九

星期天，玛丽向父亲要了一辆小车。她答应陪李莹和孙海到董秋林家去玩。这是一次意外的上门。孙海买了一些熟菜，玛丽向父亲要了一瓶酒，送给董秋林的父亲，李莹买了一双鞋子，也是送给董秋林父亲的。

从繁华的市中心驶向郊区，玛丽他们看到了一片片菜农搭建的白色塑料棚，和一片片敞开的碧绿菜地。他们的心里驰骋着美好的愿景，他们迫切见到董秋林的家以及他们朝夕相处的朋友。

村口一片不起眼的菜地，是董秋林家的。李莹在车里一眼就望到了董秋林清秀的背影。在寒冷的冬日，董秋林为了减轻父亲背上的担子，又为了不至于在春节拿不出上好的时鲜货，正在潭里捞出淤泥当积肥装在竹篓里，明年半学期的学费还要从绿色食品中领取呢。但对于同学们的到来，他实在有些意外，开始他比玛丽他们还拘束，但渐渐地，他被同学们的真诚所感染，忘却了自卑。

　　玛丽跟着他们来到董家，心里有一种说不出的沉重，房子是旧的平房，炊烟绕在上面，有一点萨克斯曲《归家》的味道，但他家里实在没有什么，一张桌子，一台黑白的十二英寸电视机，一个柜子，还有就是厨房的用具。她没有想到这么开朗的董秋林，家境却是这般清苦。但大家都装作很开心，而且闹了很多玩笑。邻居都来看这些城里孩子，特别是他们知道玛丽是台湾来的后，更是问这问那。玛丽就尽可能随和地一一回答他们。

　　吃饭的时候，董秋林的父亲端上一桌新鲜的蔬菜，还有孙海买的熟食，玛丽他们吃得真是开心。最让玛丽意想不到的是，董秋林的父亲端上来的八道菜是苏南地区的传统食物"水八仙"：茭白、莲藕、水芹、芡实（鸡头果）、茨菰、荸荠、莼菜、菱，一样不落。虽然现在是深秋，这些"水八仙"算不上时鲜货，但都是他家自己种的。

　　那天，喝了点酒的董父，话比刚见面时要多，他说他一定要让董秋林跟他们一起念完大学。玛丽知道这是董父唯一的心愿。

　　临行，车子开出村外很远了，玛丽看到董秋林和他父亲还站在村口，而李莹在车上好像睡着了一般，没有人知道她在想些什么。玛丽知道自己在成熟，在一点一点地走向成熟。

十

王永明终究没有分到房子。地理老师何密山拿了两条王永明之前替董秋林赔罪的烟，来到王永明的家里，对王永明说他的儿子结婚没有房子，能不能先把房子让给他……王永明一句话没说，抽完两支烟后就同意了。

上体育课的时候，男生们疯狂地踢着足球，底楼的玻璃窗不知被谁"哐"的一声踢碎了，吓得低年级的学生都逃出了教室。玛丽和李莹在边上使劲鼓掌。董秋林玩得满头是水，看不出他是在流泪还是在流汗。沉默了许久的孙海也在疯狂地踢球，眼中的泪水和着汗水。当许许多多的学生还沉浸在这玩命的游戏中，孙海却突然晕倒了，他的鼻子流着鲜红的血液。所有的同学都开始号哭起来，在短短的一瞬，他们可能将付出惨重的代价，也许他们将一生为此感到内疚……

经医生诊断，孙海的白血病已是晚期，必须做骨髓移植手术，才可能有救。可是，到哪里去找相匹配的骨髓呢？在生与死的考验面前，风风火火的初二（1）班蓦然平静了。

玛丽想，在大陆捐献骨髓的人很少，但在台湾不是很普遍的事吗？她知道孙海的时日已经不多，想到这里，她的心潮澎湃，出于对同学的关心和爱心，她想马上插翅飞往台湾。

我母亲看着她急切地打包回台湾，而且机票早已让她在上海开会的父亲订好。我母亲哭着说："我的姑奶奶呀，是不是住得不舒服，你这样回去，不是丢我们的脸吗……"

"姆姆，我这次回去是为同学捐献骨髓，我还要回来的。"

"什么捐献？捐献什么？你妈妈只要你老老实实读书，我不许你回去！"

我回家的时候正好看到我母亲在哭，当时我的堂叔——玛丽的父亲又在上海。堂妹和我母亲说不通，所以也在哭。玛丽见我回来，就救命草似的抓住我，说："堂哥，我的好哥哥，让我回去吧，误了这班飞机，要过几天才有机票直回台湾，救人如救火。"我想问什么，她说来不及了，然后拿出一本日记说："都在这里，你自己看吧。"

说完玛丽夺门而出。

在灯下，我看着玛丽来大陆后的一篇篇日记，心里久久不能平静，我和初二（1）班的孩子一样，迫切等待着玛丽把好消息带到我们家，带到初二（1）班的孩子中。在激动人心的时刻还未到来之际，我试着把我堂妹的日记叙述出来，与大家一起分享。

图书在版编目（CIP）数据

姚家弄的猫 / 殷建红著 . -- 北京：作家出版社，2020.6
（梦寻江南系列）
ISBN 978-7-5212-0607-4

Ⅰ . ①姚… Ⅱ . ①殷… Ⅲ . ①短篇小说 – 小说集 – 中国 –
当代 Ⅳ . ①I247.7

中国版本图书馆 CIP 数据核字（2019）第 124285 号

姚家弄的猫

作　　者：殷建红
责任编辑：省登宇　周李立
装帧设计：琥珀视觉
出版发行：作家出版社有限公司
社　　址：北京农展馆南里 10 号　　邮　　编：100125
电话传真：86-10-65067186（发行中心及邮购部）
　　　　　 86-10-65004079（总编室）
E-mail:zuojia@zuojia.net.cn
http://www.zuojiachubanshe.com
印　　刷：北京盛通印刷股份有限公司
成品尺寸：142×210
字　　数：140 千
印　　张：5.25
印　　数：001–10000
版　　次：2020 年 6 月第 1 版
印　　次：2020 年 6 月第 1 次印刷
ISBN　978-7-5212-0607-4
定　　价：25.00 元

作家版图书，版权所有，侵权必究。
作家版图书，印装错误可随时退换。